제3의 시나리오

❷ 캠프 데이비드를 도청하라

제3의 시나리오 · 2

초판 1쇄 발행 2004년 6월 1일
　　3쇄 발행 2004년 8월 1일

지은이　김진명
발행인　김영배
편집인　이헌상
편집장　김우연
기획/진행　배영진
디자인　디자인봄
표지 사진　최상규
펴낸 곳　랜덤하우스중앙
주소　서울시 중구 정동 34-5 배재빌딩 B동 6층
편집팀 전화　02-3705-0122
판매팀 전화　02-2000-6214
홈페이지　www.joongangbooks.com
찍은 곳　동양인쇄
등록　2003년 3월 10일 제2-3726호
값 8,500원
ISBN　89-5757-458-1(04810)
　　　　89-5757-456-5(set)

김진명 신작 장편소설

제3의 시나리오

캠프 데이비드를 도청하라 ②

2月 05

향여.

랜덤하우스중앙
RANDOM HOUSE JOONGANG

차 례

844799877146749723572735801373222724793388794652997942655974123346294678541756654
501245835479152754852564859154859792501245835479152754852564859154
583354791527548525648591548592501245835479152754852564859154
제3의 시나리오 • 1
846835479152754852564859154859792501
2456835479152754852564859154859792501245835704791527548525648591548592501245835479152754852564859154859792501245835479
79250124583547915275485256485915485925012458354791527548525648591548792501245835479152
583541591548592501245835479152754852564859154
846591548995250124583547915275485256485915485792501
94527548525648591548995250124583541599152754852564859154859925012458354791527548525648591548

제3의 시나리오. 이것은 과연 무엇을 말하는가.

안보보좌관을 만난 후 장 검사의 가슴에는 더욱 큰 의문이 자리잡았다. 안보보좌관조차 알 수 없다고 고백한 이 시나리오는 더 이상 한국인들을 상대로는 알아낼 방법이 없다는 생각이 들었다.

장 검사는 이제 숨겨둔 칼을 빼야 한다는 생각이 들었다. 그간 몇 번이나 휘두르고 싶었지만 참고 참아온 칼이었다. 아니, 어쩌면 자신은 시간이 흐르기를 기다리고 있었는지도 모르는 일이었다.

장 검사는 다음날 아침 동창 유용원 기자에게 연락을 취했다.

"주한 미군의 몇몇 고위 간부들에게 내가 긴급히 로저를 찾고 있다고 말해주게."

전화를 끊고 난 장 검사는 이번에는 주한 미국 대사관의 담당 영사에게 전화를 걸었다.

"어떤 사건과 관련해 로저 스파이베이를 참고인으로 조사하고 싶습니다. 협조해주시기 바랍니다."

"어디라구요?"

"서울지검 공안부의 장 검사입니다."

"로저가 누구지요?"

"알아보면 알 겁니다."

"그런데 무슨 일로 그럽니까?"

"자세한 것은 말할 수 없어요. 이 사람 지금 행적이 수배되지 않아서 그러는데 협조를 부탁합니다. 정 연락이 안 되면 긴급 수배를 내릴 겁니다."

"무슨 사건이에요?"

저쪽에서는 거듭 물었지만 장 검사는 대답하지 않고 전화를 끊었다. 그리고 마지막으로 김태천 장군에게 전화를 걸었다.

"장 검사, 그가 무슨 문제라도 일으켰소?"

"아닙니다. 어떤 형사 사건의 참고인입니다."

"형사 사건? 당신은 공안검사 아니오?"

"그럴 일이 있습니다."

"내게 전화를 한 것은 그의 귀에 들어가라고 하는 말일 텐데."

"검찰청으로 출두하도록 연락을 취해주십시오."

"장 검사, 뚜렷한 뭐가 없으면 엄청난 국제 문제를 일으킬 거요……"

"하여튼 본인에게 긴급히 통보해주십시오. 공항에 긴급 수배를 내릴지도 모르겠습니다."

전화를 끊는 장 검사의 뇌리에 부장의 거칠게 분노하는 모습이 떠올랐다. 아니, 부장뿐만이 아니었다. 차장, 검사장까지도 검찰청으로 빗발치는 미국 측의 항의 전화에 난감해할 일이었다. 그럼에도 불구하고 장 검사는 자신이 있었다.

"미스 최, 내게 전화 온 거 없어요?"

"네, 검사님. 없습니다."

장 검사는 하루 종일 전화를 기다렸지만 어떤 전화도 오지 않았다. 이상한 일이었다. 계산대로라면 지금쯤 검찰청 전화가 불이 나야만 했다. 일과시간이 지날 무렵 장 검사는 다시 물었다.

"아직도 없어요?"

"네, 검사님. 오늘따라 전화 한 통 안 오는데요."

"음."

장 검사의 입에서 자신도 모르게 신음이 새어나왔다. 로저의 문제를 크게 부각시킨다는 것이 자신의 작전이라면 작전이었다. 한국의 수사기관에서 금기시하는 미국 정보원의 존재를 수면 위로 완전히 떠올려 공론화하는 과정에서 뭔가 소득이 있을 거라는 기대가 완전히 부서지는 순간이었다.

일과시간이 끝나도록 장 검사에게는 어떤 전화도 걸려오지 않았다. 장 검사는 가만히 눈을 감고 그 이유를 생각해보았다. 상대가 상대인 만큼 공안부의 검사가 긴급 수배를 내리겠다고 전갈했으면 그 즉시 상대의 귀에 들어갔을 것이었다. 그 다음은 한미 양국의 각계에서 항의 전화가 빗발치는 게 순서였다.

그러나 예상과 달리 아무런 전화도 오지 않았다. 장 검사는 무언가 크게 잘못됐다는 생각이 들었다.

그 이유를 곰곰 생각하던 장 검사의 뇌리에 김 장군이 하던 얘기가 떠올랐다.

'그는 10·26 밤 군용기를 타고 도쿄로 떠났다가 이십사 년 만에 돌아온 사람이오.'

자신이 도청당하고 있다고 알려주러 왔던 젊은이의 얘기가 그 다음에 이어졌다.

'로저라는 자가 특수부대의 장비를 빌려 검사님을 도청하고 있습니다.'

두 사람의 얘기는 장 검사의 뇌리에서 강한 연상 작용을 일으켰다.

'음, 그는 자신의 범죄 행각이 드러날까봐 아무에게도 얘기하지 못하고 안개처럼 사라지려 하는구나. 이십사 년 전의 그 루트로 사라지겠다는 건가?'

여기까지 생각한 장 검사는 갑자기 자리에서 벌떡 일어났다.

"최 계장, 출동이야!"

"네?"

"옷 입고 차를 대요"

"네? 무슨 사건으로 어디를……."

"묻지 말고 그냥 대요."

"네, 검사님. 알겠습니다."

"그리고 미스 최는 내게 오는 모든 전화를 휴대폰으로 연결시켜줘요."

"네, 검사님."

"어디로 가십니까?"

"송탄. 미 공군 기지로 갑시다."

"알겠습니다."

자동차가 경부고속도로를 빠져나가 오산 톨게이트에 도착할 때까지도 장 검사의 휴대폰으로는 어떤 전화도 걸려오지 않았다. 앞자리의 조수석에 앉은 최 계장이 백미러에 비치는 장 검사의 표정에 힐끔힐끔 눈길을 보냈다. 그간의 흐름으로 보아서는 로저 건으로 이런 일을 벌이고 있는 것 같은데, 도대체 장 검사의 속내를 알 수 없었던 것이다.

"검사님, 송탄입니다."

"경찰서로 갑시다."

경찰서에 도착한 장 검사는 수사과장실로 들어갔다. 간단히 자기 소개를 마친 장 검사가 입을 열었다.

"과장님, 미 공군부대에 정통한 형사를 불러주세요."

"알겠습니다."

정보과의 베테랑 형사를 차출한 장 검사는 바로 차를 탔다.

"검사님, 제게 무슨 시키실 일이라도……."

"그렇소. 송탄의 오산기지와 일본의 도쿄 근교 기지 사이에 군용기가 운항되고 있는 걸로 알고 있는데 맞소?"

"그렇습니다."

"그러면 한일 간의 공수도 그 군용기 루트를 이용해 이루어지지 않겠소?"

"그렇습니다."

"한국에서 일본으로 급히 도피하고자 하는 미군이나 미국 민간인도 있겠지요?"

"그렇습니다."

"어떻게 찾아낼 수 있소?"

"달러가 좀 필요합니다만, 검사님의 지시니 제 돈으로 쓰겠습니다."

"그러지 마시오. 얼마나 필요하오?"

"백 달러면 떡을 칩니다."

장 검사는 지갑에서 삼십만 원을 꺼냈다.

"이름은 로저 스파이베이, 가명을 쓸 수도 있고 아예 존재 자체를 극비에 부칠 수도 있는 자요."

"염려 마십시오, 검사님. 도망자치고 자기 이름 쓰는 놈 있습니까?"

"여기 사진이 있소."

"어이쿠, 사진까지 있으면 확실합니다."

"당신이 직접 그자와 대화를 나눌 수 있소?"

"짧은 영어지만 어느 정도 가능합니다."

"그러면 내가 타협하기 위해 여기 와 있다고 하시오."

"알겠습니다."

71 62 79 72 35 7 27 65 90 12 32 22 22 27 27 30 87 65 29 79 21 53 79 41 29 14 62 94 78 51 47 56 45 87 29 45 47
35 47 91 52 75 48 52 56 48 59 15 48 79 25 01 24 58 35 47 91 52 75 48 52 56 48 59 15 48 79 25 01 24
15 27 56 48 52 56 48 59 15 48 79 25 01 24 58 35 47 91 52 75 48 52 56 48 59 15 48 79 25 01 24 58 35 47
91 52 75 48 57 56 48 59 15 48 79 25 01 24 58 35 47 91 52 75 48 52 56 48 59 15 48 79 25 01
85 25 64 85 91 54 82 91 54 82 79 25 01 24 58 35 47 91 52 75 48 52 56 48 59 15 48 79 25 01
79 15 27 56 48 52 56 48 59 15 48 79 25 01 24 58 35 71 09 47 91 52 75 48 52 56 48 59 15 48 79 25 01 24 58 35 47 91 52 75 48 52 56 48 59 15 48
45 83 54 79 15 27 56 48 52 56 48 59 15 48 79 25 01 24 58 35 47 91 52 75 48 52 56 48 59 15 48 79 25 02 24 58 35 47 91 52 75 4
59 15 48 79 25 01 24 58 35 47 91 52 75 48 52 56 01 24 58 35 47 91 52 75 48 52 56
87 79 25 01 24 58 35 47 91 52 75 48 52 56 48 59 15 48 79 25 01 24 58 35 47
85 25 64 85 91 54 82 79 25 01 24 58 35 47 91 52 75 48 52 56 48 59 15 48 79 25 01 24

베테랑 형사

정보과의 베테랑은 장 검사가 부대 정문 앞에 내려주자 바로 경비원들에게 다가갔다. 경비원들이 형사를 보고 입가에 웃음부터 흘리며 고개를 숙였다.

"형님, 오늘은 어쩐 일이세요?"

"미국놈 하나 찾아야 돼."

"이름이 뭔데요?"

"로저 스파이베이. 여기 사진이 있어."

"알겠습니다. 잠깐 들어와 계십시오."

장 검사는 부대 근처에서 시간을 보내며 전화를 기다렸다. 서울에서든 정보과 형사에게서든 전화는 와야만 할 것이었다.

"검사님, 전화가 안 오는데요."

"……."

밤이 깊어지도록 전화는 오지 않았다..

"검사님, 형사에게 전화해볼까요?"

장 검사가 말없이 고개를 끄덕이자 최 계장이 형사의 휴대폰 번호를 눌렀다. 마지막 단추를 누르려는 순간 장 검사의 전화벨이 울렸다.

"장민하입니다."

"검사님, 지금 막 로저가 들어갔습니다."

"대화는 나누었소?"

"네."

"그런데?"

장 검사의 뇌리에 불길한 예감이 스쳐갔다. 형사로부터 자신의 메시지를 듣고도 그냥 들어가버렸다면 모든 일이 수포로 끝났다는 얘기였다. 로저가 빠져나가버린 상황에서 자신은 별로 할 게 없을 것이었다. 떠나버린 로저의 범죄를 입증해 미국 정부가 그를 처벌하도록 해봐야 자신에게는 아무 의미도 없을 것이었다.

"그 친구가 검사님의 전화번호를 달라고 했습니다."

"주었어요?"

"물론입니다."

"수고했소."

전화는 바로 걸려왔다.

"로저 스파이베이요, 장 검사 부탁합니다."

"장 검사요. 지금 부대 앞에 있으니 만납시다."

"내가 왜 당신을 만나야 하는 거요?"

"그냥 떠나면 정식 루트를 밟아 미국 정부에 당신의 범죄 행각을 알릴 거요. 하지만 지금 나를 만나면 그 일은 영원히 입을 다물겠소."

저쪽에서는 뜻밖인 모양이었다.

"도대체 왜 나를 만나려는 거요?"

"알고 싶은 것이 있소."

"무얼 알고 싶다는 거요?"

"이정서 사건의 배후."

"……."

"당신이 진실하게 대답해주면 나는 영원히 입을 다물 거라는 걸 약속하겠소."

"영원히 입을 다물 거라는 걸 어떻게 증명할 거요?"

"대한민국 검사로서의 자존심이오."

뜻밖에도 한국인의 정서를 잘 알아서 그런지 로저에게 그 말이 들어먹힌 모양이었다.

"거기에다 당신 자식의 인생을 걸고 맹세할 수 있소?"

"걸겠소. 당신은 무얼 걸겠소?"

로저는 잠시 멈칫하더니 진지한 목소리를 밀어냈다.

"나는 광주 희생자들의 넋을 걸겠소."

장 검사는 로저의 입에서 나온 뜻밖의 말에 놀랐다.

"당신이 광주와 무슨 관계가 있길래?"

"지난 이십여 년간 후회하며 살아왔소. 그들의 희생에 어쩌면 나도 한몫을 한 것 같아서 말이오."

로저는 아마도 10·26을 말하는 것 같았다.

"좋소."

"바로 나가겠소."

장 검사는 비록 전화를 통해서였지만 로저에게 상당한 정도의 신뢰를 가질 수 있을 것 같은 기분이 들었다. 부대 앞 조용한 카페에서 만난 로저는 예상했던 대로 깨끗한 신사의 풍모를 가진 사나이였다. 로저는 장 검사를 보자 웃으며 손을 내밀었다.

"CIA의 로저요."

"장민하요."

그는 검사에게 약점 잡힌 사람이라고는 결코 생각될 수 없을 정도로 당당한 태도를 유지했다.

"10·26은 대량 살상 무기 확산을 막기 위한 노력이었지만, 결과적으로 광주 학살로 이어져 나는 오랜 기간을 자책과 후회로 살았소."

"뜻밖이군요."

"미국에서 우리 요원들이 찍은 광주 현장을 보았소. 겨우 울음을 참던 나는, 무슨 일이 벌어졌는지도 모른 채 아버지의 영정을 들고 묘지로 걸어가는 여섯 살짜리 어린 아기를 보는 순간 마침내 울음을 터뜨리고 말았소."

"하지만 당신은 한반도에서 계속 활동하고 있지 않소?"

"한시적 임무요. 과거 친분이 있던 군 인사들을 만나는 정도였소."

"그런데 정보요원인 당신의 얘기를 내가 어떻게 전적으로 신뢰할 수 있겠소?"

"나는 당신에게 내가 아는 모든 정보를 다 줘도 괜찮소. 왠지 아시오?"

"글쎄."

"나는 내가 아는 것만 말할 수 있기 때문이오. 즉 최고의 비밀은 나도 모른다는 뜻이오. 알겠소? 전 세계에 흩어져 있는 수많은 요원 중 한 사람이 가지고 있는 정도의 정보란 말이오."

"솔직하게만 말해주면 불만은 없소."

"그 점은 염려 마시오. 나는 이제 돌아가면 바로 은퇴할 거요. 당신에게 약점을 잡혀서라기보다 한국에서 했던 일을 한국인에게 털어놓고 가고 싶소. 요원 생활은 내게 자부심 대신 회의만 켜켜이 쌓아놓았소."

장 검사는 로저를 믿을 수 있겠다는 판단이 들면서 한결 마음이 편해졌다.

"자, 장 검사. 정확히 무얼 알고 싶은 거요?"

로저는 단도직입적으로 물어왔다.

"이정서는 누가 살해한 거요? 당신네 요원이오?"

"그렇소. 나와는 다른 부서에서 일하는 자들이오."

로저는 조금도 머뭇거리지 않고 대답했다. 그의 솔직함에 오히려 장 검사가 놀랄 지경이었다.

"당신은 가담하지 않았소? 이정서가 죽던 날, 베이징의 같은 호텔에 있지 않았소?"

"나는 모르겠소."

"그게 무슨 말이오? 모르겠다니."

"나는 분명 이정서를 살해할 필요가 없다는 의견을 본부에 냈고, 베이징까지 가서 힘 닿는 데까지 막아보려 했소. 하지만 나의 의견보다는 내가 조사해 그들에게 넘겨준 이정서의 관련 자료가 더 많이 작용하지 않았나 싶소."

"그 자료란 게 뭐요?"

"나는 본부에서 이정서와 관련된 자료를 최대한 찾아서 보내라는 긴급 지령을 받자 한국인 요원들을 풀어 그가 머물던 곳을 조사했소. 여기 한국에서는 특별한 것이 없어 뉴욕의 요원들에게 그가 머무는 호텔방을 뒤져보라고 지시했소. 그런데 그의 메모장에서 '미국이 한반도에서 진행하는 제3의 시나리오'란 단어가 나왔소."

"지금 제3의 시나리오라 했소?"

"그렇소. 제3의 시나리오. 들어본 일 있소?"

"아니요. 계속하시오."

"나는 메모장을 베껴 본부로 보내라고 했는데, 지금 생각해보니 그 제3의 시나리오란 단어가 본부의 누군가를 움직였던 것 같소."

"왜 그렇게 생각하는 거요?"

"본부에서는 한국인의 평가에 관한 한 나의 의견을 최대한 존중하는데 이번에는 예외였소. 그래서 그런 생각이 든 거요."

"도대체 그 제3의 시나리오는 무얼 말하는 거요?"

"이정서의 죽음 이후 나도 그 말의 의미를 깊이 생각해봤소. 하지만 알 수 없었소."

"제1의 시나리오라는 것도 있소?"

"그런 말은 들어본 적이 없소. 하지만 짐작은 할 수 있소. 아마도 제1의 시나리오는 암살이나 쿠데타를 말할 거요. 한반도에서 우리가 가장 우선적으로 생각하는 공작은 암살이나 쿠데타니까. 우리는 북한의 김정일을 암살하거나 남한의 반미적 분위기를 친미로 되돌리는 여러 형태의 공작을 우선적으로 생각하오. 그런 의미에서 그걸 제1의 시나리오라고 생각할 수 있소."

"그렇다면 제2의 시나리오는?"

"대규모 폭격이나 침공을 통해 북한 정권을 괴멸시키는 걸 말할 거요."

오퍼레이션 페닌술라

"폭격이나 침공이라……, 그러나 지난 1994년처럼 북한을 폭격하거나 침공하지는 못할 거 아니오."

"이제는 상황이 많이 달라졌소."

"나는 미국이 북한에 대해 공격을 준비한다는 얘기는 들어본 적이 없소."

"모든 것은 극비리에 진행되어왔소. 이라크전이 끝난 직후 우리는 작전에 참가했던 항모와, 본토에서 발진했던 폭격기와 전폭기들을 본국으로 귀환시키지 않았소."

"그러면?"

"우리는 극비리에 이 함대와 폭격기들을 괌으로 집결시켰소."

"괌에요?"

장 검사는 고개를 갸우뚱했다. 괌이라면 남태평양의 섬이 아닌가. 비록 미국 영토이긴 하지만 평소 그 섬의 중요성에 대해선 한 번도 생각해본 적이 없는 터였다.

"우리는 괌에서 극비리에 작전을 수행했소. 작전명 오퍼레이션 페닌슐라 말이오."

장 검사는 고개를 갸웃거리며 물었다.

"나는 이제껏 그런 작전에 대해 들어본 적이 없소. 이라크 전쟁이 끝난 후 대규모 전투력이 본국으로 돌아가지 않고 괌에 집결했다면 언론의 눈을 피할 수 없었을 텐데."

"우리는 쓸데없는 논쟁과 국제적 관심을 피하기 위해 귀환하면서 괌에 기항하는 것처럼 위장했소."

"그랬군. 그래서 공안검사인 나도 모르고 있었군. 그러면 당신들은 그 섬에서 무슨 작전을 했소?"

"우리는 거기서 북한 침공 훈련을 했소."

"북한 침공?"

"그렇소."

"음."

장 검사는 최근 들어 미국이 북한에 대해 직접적 군사 행동을 취하려 한다는 정보를 한 번도 접해본 적이 없었기 때문에 신음 소리를 냈다. 최근 미국은 북한 문제를 대화로 해결하겠다고 하지 않았던가.

"훈련을 했다 하지만 막상 미국이 북한을 칠 거라고는 그 누구도 생각지 않을 것 아니오? 지난 1994년의 경우처럼 말이오.
그때 당신들은 북한 폭격 일보 직전까지 갔지만 마지막 순간
에 포기하지 않았소? 한반도의 상황은 그때와 같지 않소?"

로저는 두 손을 과장스럽게 들었다.

"아니요. 이제 상황은 180도 달라졌소."

"어떻게 말이오?"

"그때는 북한이 남한에 보복 공격을 해올 것이 두려워 우리가
마지막 순간에 군사 행동을 중지한 거 아니오?"

"그렇게 알고 있소."

"하지만 이제 상황은 아주 다르오."

"내게는 달라진 게 없어 보이는데……."

"우리는 개전과 동시에 북한 군사력의 90퍼센트를 괴멸시킬
준비를 해두었소."

"90퍼센트를?"

"그렇소. 이제 우리는 폭격 하루 만에 북한군 전력의 90퍼센
트를 날려보낼 수 있소. 따라서 북한은 남한을 절대 공격하지 못
하오."

"……."

"확실하오."

"그때와 비교해 뭐가 달라졌는지 설명해줄 수 있소?"

로저는 모든 질문에 숨김없이 대답을 이어갔다.

"우리는 십 년간 북한을 일거에 제압할 작전을 수립해왔소.

무기 체계도 그때와는 비교가 안 될 정도로 발전했소. 첫 출격은 심야에 괌의 앤더슨 기지에서 이루어지게 되어 있소. 이 기지는 오천 미터의 긴 활주로와 예비용 활주로가 두 개 더 있어서 전 세계 어느 기지보다 넓소.”

“앤더슨 기지라면 베트남 전쟁 당시에 많이 쓰던 기지 같은데…….”

장 검사는 언젠가 앤더슨 기지에 대해 들어본 것 같다는 생각이 들었다.

“그렇소. 동시에 태평양의 미국 기지 중 한반도와 가장 가까운 기지요. 여기서 평양까지는 네 시간도 채 안 걸리지.”

“평양까지요?”

“그렇소. 우리의 작전 목표에는 평양이 일순위로 들어가 있소.”

“음.”

장 검사는 영변에 대한 제한적 폭격을 넘어선 대규모 폭격 훈련에 크게 놀랐다. 그는 미국이 이런 규모의 작전을 세우고 이라크 전쟁을 끝낸 함대와 비행단을 불러 훈련까지 했다는 사실에 경악하지 않을 수 없었다.

“앤더슨 기지에서는 먼저 스텔스 폭격기 여섯 대가 발진하게 되어 있소.”

“스텔스 폭격기란 B-2를 말하는 거요?”

“그렇소. 그 뒤를 B-1 폭격기 편대가 따르게 되어 있소. 이 폭격기들은 위성으로 유도되는 정밀한 폭탄들을 잔뜩 싣고 있소. 이 위성 유도 폭탄의 위력은 이라크전에서 보았을 걸로 생각하오."

"물론이오."

장 검사는 미국이 이라크전에서 보여준, 자로 잰 듯한 폭격을 떠올렸다.

"이 폭격기들이 한반도 상공에 도착할 무렵 F-117 스텔스 전폭기들이 한국의 군산 비행장에서 발진하게 되어 있소. 그와 동시에 동해와 서해 등 한반도 주변 해역의 미 해군 함정과 잠수함에서도 토마호크 미사일 삼백 발 이상이 어두운 북한의 밤하늘을 가르며 낮게 날아갈 거요."

"음."

장 검사는 머릿속으로 이 입체 작전을 그려보다 말고 신음을 토했다. 최악의 경우라도 영변에 대한 제한적 폭격에 대해서만 가능성이 있다고 생각했던 그는 미국의 과감하고 전격적인 작전에 놀라지 않을 수 없었다.

"괌에서 날아온 폭격기 편대가 폭격을 시작할 무렵 미 본토의 미주리 주에서 출격한 B-2 폭격기 편대가 한 대당 위성 유도 폭탄 천 파운드짜리 스물네 발과 이천 파운드짜리 열여섯 발을 적재하고 한반도에 도착할 거요. 이 폭탄들은 해가 뜨기도 전에 북한의 주요 군사 목표물 천여 곳을 지상에서 날려보낼 거요."

"폭격이 그렇게 정확하오?"

"그렇소. 미국은 이미 북한의 목표물을 인공위성에 모두 입력해두었소. 인공위성으로 유도되는 폭탄들과 토마호크 미사일의 명중률은 거의 백 퍼센트요."

"그렇다면 다행히 민간인 피해자는 별로 생기지 않겠군요."

"그렇소. 목표물은 미사일 기지, 핵 시설, 주요 군 지휘 통제 시스템이오. 민간인 희생자는 거의 없소."

"평양을 폭격할 때는 어떻소?"

"우리는 바그다드에 그렇게 많은 폭격을 했지만 민간인 희생자는 거의 없었소. 그 정도로 폭격은 정밀하오. 평양 역시 바그다드처럼 군사 시설과 김정일 주석의 거처만 초토화될 거요."

"폭격과 동시에 북한군은 지휘 능력을 잃겠군요."

"그렇소. 일차 폭격이 끝남과 동시에 북한군은 통신을 할 수도, 대공포를 쏠 수도, 비행기를 띄울 수도, 미사일을 쏠 수도 없는 구식 군대로 변하고 말 거요."

"하지만 전방 일대에 배치한 북한군의 야포는 어떻게 한단 말이오? 사실 그게 가장 무서운 거 아니오? 수도권이 사정권에 들어 있으니까."

"1994년과 2004년은 달라요. 우리의 태평양사령부는 북한을 속속들이 연구하고 있소. 지난 1994년 북한 폭격 일보 직전에 우리가 그만둔 것은 전방 일대의 조선인민군 제620포병군단 소속의 240밀리 방사포와 독립 중포병여단 소속의 170밀리 자주포 때문이었소. 우리는 이 두 포군단에서 보유한 1천 문의 포에서 전쟁 초기 24시간 내 약 삼만 발의 포탄을 수도권을 향해 쏠 수 있을 것으로 계산하고 있소."

"그러게 말이오."

"게다가 이 야포들은 두꺼운 방호벽에 싸인 채 지하에 엄폐되어 있소."

"그게 늘 문제가 되어온 거 아니오?"

"1994년 당시 우리는 조기에 이 포대를 완벽하게 파괴할 수 없었소. 그래서 폭격하지 못했던 거요."

"……."

"우리는 이 문제를 풀기 위해 여러 해 동안 연구에 연구를 거듭했소. 그 결과 ACTD 계획이란 것이 만들어졌고, 이 계획에 따라 우리는 즉각 대응 로켓 발사 시스템을 개발해 실전 배치했소."

"그게 뭐요?"

"고도의 전자 장비가 부착된 로켓포요. 이 시스템은 북한의 포가 엄폐를 빠져나와 포를 쏠 기미만 보이면 바로 상대 포에 자동으로 발사하는 시스템이오. 우리는 이러한 시스템을 2사단에 이미 배치해두었고 북한 포의 엄폐 위치 또한 샅샅이 파악해두었소. 이 시스템은 주야를 가리지 않고 어떤 기상 상황에서도 작동하오."

"당신들은 이미 북한의 저항을 무력화시킬 만큼 준비가 되어 있다는 얘기군요."

"확실하오. 전광석화 같은 공격으로 90퍼센트 정도의 북한군이 개전과 동시에 괴멸되오."

"폭격 준비는 되어 있소?"

"그렇소. 부시의 명령만 떨어지면 언제라도 때릴 수 있소."

"그럼 괌의 군사 작전은 이미 다 된 시나리오를 그저 연습한
데 불과하군."

한반도 계산법

"그런데 문제는 그리 간단하지 않소. 우리는 북한을 타격하고 난 다음을 생각하고 있소."

"다음이란 뭘 말하는 거요?"

"북한이 와해되면, 즉 북한 정권이 붕괴되면 그 다음부터 어떻게 되는지 좀더 신중하게 고민하고 있다는 말이오."

"음."

"면밀한 분석을 거친 결과, 우리는 북한 정권이 붕괴된다 하더라도 중국이 괴뢰 정권을 세우거나 남한이 바로 흡수 통일하지는 못할 걸로 결론을 내렸소."

"……"

"북한 정권이 붕괴되면 바로 인민의 욕구가 터져나올 것은 주지하는 바요."

"그 틈을 타서 중국이나 남한이 끼어들 가능성은 상당히 있지 않소?"

"어림없는 일이오. 중국인들은 아마 밀려들어오는 난민을 처리하는 것도 힘겨워할 거요."

"한국은? 한국의 통일에 대한 열망은 대단하지 않소?"

"한국 역시 사정은 마찬가지요. 아무리 통일을 열망한다 해도 한국은 이미 자본주의 사회요. 자본주의 사회의 의사 결정은 오로지 경제적 이해관계에 따라 엇갈릴 뿐이오. 통일에 대한 열정이 가장 높다는 이십대들의 여론 조사 결과도 경제적 불안정을 초래하는 통일에 대해서는 반대한다고 나타나지 않았소?"

장 검사는 왠지 미국의 정보요원인 로저에게 부끄럽다는 생각이 들었다.

"본부에서는 북한이 갑자기 붕괴된다면 남한은 크게 움츠러들 걸로 보고 있소. 무조건 북한을 끌어안고 보자는 편과 일단 불안의 확산을 차단하자는 편으로 갈려 크게 대립할 테고, 좌우의 대립이 격해지면 군이 나서면서 극우로 선회할 가능성이 커요."

"그러고 보니 막상 김정일 정권이 붕괴된 북한을 도울 나라가 별로 없군요."

"그렇소. 어차피 우리는 개입할 수밖에 없고 당분간은 혼란이 계속될 것으로 보고 있소. 때문에 엄청난 원조를 쏟아 부으면서 남한과는 본질을 달리하는 정권을 만들어내려는 연구도 하고 있소."

"뜻밖에도 그게 가장 현실성 있어 보이는군요."

"그렇소. 따라서 미국은 당장 북한을 폭격할 수도 있소. 다만……."

로저는 잠시 말을 멈추고 뭔가를 생각하는 듯하다 다시 말을 이었다.

"시기상의 문제가 있소."

"시기상의 문제라면?"

"부시는 이라크전에서 사담 후세인을 체포한 직후 자신감에 넘쳐 북폭에 큰 매력을 느꼈소. 부시의 선거 진영에서는 선거와 북한 공격을 연계시키는 구상도 나왔소. 만약 두 가지 조건이 달라지지 않았다면 그는 북한 폭격 명령을 내렸을 수도 있소."

"두 가지 조건은 뭐요?"

"첫째는 미국의 경제 사정이 호전되었다는 거요. 각종 지표가 호전되기 시작하면서 부시는 선거에 자신감을 가지게 되었소. 즉 선거에서의 승리를 위해 북한을 공격한다는 구상을 차츰 지워가기 시작했다는 얘기요."

"또 하나는요?"

"이라크 사정이오. 이라크가 깨끗이 마무리됐다면 부시는 마지막 남은 악의 축 북한에 채찍을 들었을 거요."

"그럼 이라크가 마무리되고 부시가 재선된다면?"

"당연히 북한을 공격하려 들 거요."

"음."

장 검사는 무거운 신음을 내뱉었다. 장 검사의 뇌리에 부시라는 인물이 새삼 거대한 형상으로 다가왔다. 뉴욕이 잿더미로 변했을 때 그 현장에서 복수를 다짐하며 온 국민의 영웅으로 떠오르던 그의 모습이 망막에 맺혔다. 거기에 덧붙여 그가 테러전을 수행하는 모습을 보였을 때 열광하던 미국민의 모습도 떠올랐다.

"그가 재선된다면 호쾌한 작전으로 북한 정권을 무너뜨리면서 지구상의 모든 테러 국가를 잠재운 영웅이 되고자 하겠군요."

"그렇소. 그에게는 이제 강력한 무기가 있소. 개전과 동시에 북한 전력의 90퍼센트를 파괴할 수 있는 군사력은 커다란 유혹이 아닐 수 없소. 생각해보시오. 북한이 어떤 나라요? 우리는 그동안 북한에 수없이 당하면서도 제대로 보복 한 번 못했소. 정찰기가 격추당하고 정보함이 나포돼도 사정사정해가면서 겨우 승무원만 돌려받았소. 전방에서 장교가 도끼에 맞아 죽었어도 겨우 미루나무를 베는 걸로 타협지어야 했소. 미국민들은 북한에게 당해온 과거를 늘 잊지 않고 있소. 부시는 그 얼룩진 과거를 일거에 뒤엎으려 하오."

"……."

"게다가 그는 거의 광신적인 기독교도요. 국무회의 전에 각료들로 하여금 항상 삼십 분 정도 기도회를 갖도록 하는 사람이오. 그는 종교를 인정하지 않는 북한을 그냥 두려 하지 않소. 그것은 신으로부터 부여받은 자신의 의무라고 생각하는 거요. 느낄 수 있겠소? 신의 신성한 명령을 받았다고 생각하는 사람의 광기를? 부시의 재선은 한반도의 전쟁이오."

그제야 장 검사는 왜 미국에 사는 교포들이 한반도에서 반드시 전쟁이 난다며 친지들을 급히 미국으로 끌어들였는지 이해할 수 있었다.

"그러나 미국의 폭격만으로 전쟁이 순조롭게 끝날까요?"

"물론 폭격만으로 끝나진 않소. 하지만 전쟁 수행 능력을 90퍼센트나 잃은 북한군을 상대로 전쟁을 벌이는 것은 누워서 식은 죽 먹기요. 게다가 미국에게는 한국군이 있지 않소? 70만이나 되는 정예군이 핵심이 괴멸된 북한군을 상대할 거요."

"한국군이 북한군을 상대로 반드시 싸운다는 보장이 있소?"

"한국군은 원하든 원하지 않든 자동적으로 미국 편에 서서 싸우게 되어 있소, 그것도 혼신의 힘을 다해서 말이오."

"그건 어째서 그렇소? 이제는 남한의 의식도 상당히 변하지 않았소?"

"그러나 밀고 내려오는 북한군을 상대하지 않을 순 없는 노릇 아니오? 알겠소? 북한군의 반격 수단은 남침밖에 없소. 그들이 워싱턴으로 군대를 보내겠소? 알래스카로 군대를 보내겠소? 그들에겐 오직 서울밖엔 없소. 그러니 한국군이 필사적으로 방어하지 않을 리가 있소?"

"그건 미국에는 너무도 훌륭한 방패막이군요."

"그렇소. 우리는 때리기만 하면 되는 거요. 그러면 모든 것이 자동이오."

장 검사는 가슴이 답답해졌다. 미국이 선제공격만 하면 모든 것이 자동으로 얽혀들어가는 한반도의 상황이 갑갑하기 짝이 없었다.

"대통령도 어떻게 할 수 없는 상황이군요."

"대통령이라……. 미국이 북폭을 한다면 남한에서는 반미적 대통령이 실각할 가능성이 있소."

순간적으로 장 검사의 뇌리에 김태천 장군이 떠오르는 동시에 그가 의미를 알 수 없는 미소를 띠며 미국의 속내를 어떻게 알겠느냐고 하던 말이 생각났다.

"그런데 하나 이상한 것이 있소."

로저는 장 검사의 입술을 주시했다.

"미국은 폭격과 동시에 북한군을 90퍼센트나 괴멸시킬 수 있는데 왜 전방에서 병력을 완전히 철수시키는 거요? 전적으로 한국의 반미 감정 때문이오?"

"그렇지는 않을 거요."

"그러면?"

"사실 나도 그 부분은 이해하지 못하겠소. 많이 생각을 하고 본부의 전문가들에게도 물었지만 시원한 답을 얻지 못했소."

"군의 고위급 장성들에게 물어보지는 않았소?"

"왜 안 했겠소?"

"어떤 대답을 얻었소?"

"그들도 이해할 수 없는 결정이 본국에서 내려졌다는 거요."

"본국의 누가 그런 결정을 내린 거요?"

"그 정도 결정이라면 당연히 대통령이오. 참모들이 건의했는지, 대통령 자신이 밑으로 내려보냈는지는 모르지만 말이오. 어쨌든 이해할 수 없소. 무조건 이기는 전쟁인데 부시는 왜 미군을 전방에서 빼내 부산까지 보내려는지 나는 전혀 모르겠소."

로저 역시 전방에서의 철군에는 시원한 대답을 하지 못했다.

"이제 비행기를 타야 할 시간이오."

로저는 할 말을 다 했다고 생각하는지 자리에서 일어났다.

"잘 알았소. 이제 가시오."

장 검사는 등을 돌려 나가는 로저를 보며 두 손으로 머리를 감쌌다. 오랜 검사 생활로 미루어보건대, 로저는 모든 것을 솔직히 털어놓은 게 틀림없었다. 그렇다면 한반도에 가장 정통한 정보요원인 저 로저 스파이베이조차 모르는 그 '제3의 시나리오'란 과연 무엇이란 말인가.

서울로 올라오는 차 안에서 장 검사는 전화기를 들어 뉴욕 한인회를 찾았다.

"류삼조 씨란 분 있습니까?"

"류삼조 박사님이오? 물론입니다. 그분은 뉴욕 한인사회의 전설 같은 분입니다."

"전설이라구요? 그럼 지금은 안 계시단 말입니까?"

"안 계시다니요? 펄펄 살아 계신데요."

"그런데 왜 전화를 받지 않으실까요?"

"그야 귀하가 반갑지 않은 사람이니까 그렇겠지요."

"그럴까요? 하여튼 고맙습니다."

전화를 끊고 다시 류삼조에게 전화를 걸었으나 역시 그는 받지 않았다.

장 검사는 언제쯤 뉴욕에 갈 수 있을지 가늠해보았으나 시간을 잡기가 여의치 않았다. 하루라도 빨리 뉴욕에 가서 류삼조라는 사람을 만나야 직성이 풀릴 것 같았다. 이정서 사건을 파고들어갈수록 도저히 제자리에 앉아만 있어선 안 되겠다는 기분이 들었다.

장 검사는 다시 김정한에게 전화를 걸었다.

"장 검사?"

"네, 김 선생님. 새로운 사실이 발견되었습니다."

김정한의 목소리가 아연 활기를 띠었다.

"뭐요?"

"이정서 선생은 피살당하기 직전, 청와대의 안보보좌관에게 전화를 걸었더군요."

"그래요? 무슨 얘기를 했소?"

"미국이 가지고 있는 제3의 시나리오를 아느냐고 물었다고 합니다."

"제3의 시나리오?"

"그렇습니다. 혹시 들어본 적 없습니까?"

"없소."

"안보보좌관은 이정서 선생이 전화를 걸어와, 미국이 전방의 미군을 모두 끌어내려 부산으로 보내는 작전 계획을 세운 것은 바로 그 제3의 시나리오 때문이라고 했답니다."

"그게 뭔가는 얘기하지 않았소?"

"네. 아마 전화로는 얘기하기 어려운 상황이었나 봅니다. 다음에 다시 전화하겠다고 했는데 그게 마지막이 되었다는군요."

"음, 제3의 시나리오라……."

"제가 조사한 바에 따르면, 이정서 선생이 그런 개념을 처음으로 생각해낸 것은 아마도 뉴욕에서였던 걸로 여겨집니다."

"아마 그럴 거요. 우리는 모든 얘기를 나누어왔는데 제3의 시나리오라는 말은 들어본 적이 없었소."

"추측건대, 이정서 선생은 예의 그 묘안이 좌절되는 과정에서 제3의 시나리오의 실체를 느꼈을 가능성이 있습니다."

"그럴까?"

"지금으로서는 그분의 죽음에 대한 내막을 얘기해줄 수 있는 유일한 분이 뉴욕의 류삼조 박사입니다."

"류삼조, 맨 마지막까지 그 친구와 있었던 사람이니 뭔가 알아도 알겠지."

"그래서 저는 한시 바삐 뉴욕으로 가고자 합니다."

"그래요?"

김정한은 자못 놀라는 눈치였다.

"휴가라도 내서 가고 싶습니다. 정식 출장을 갈 수 있는 상황은 안 될 것 같구요."

"대단하군요. 그렇다면 경비는 내가 대주고 싶소."

"아닙니다. 그래선 안 됩니다. 어쨌든 이정서 선생의 죽음에 얽힌 복잡한 비밀을 풀어야만 제대로 숨을 쉴 것 같습니다."

"내 도움이 필요하면 즉각 연락을 하시오. 무엇이 되었건 말이오."

"알겠습니다."

부시와 고이즈미

조지 부시는 캠프 데이비드를 너무 좋아했다. 텍사스에서 오랜 세월을 보낸 그에게는 사실 도시의 번잡한 생활이 마음에 들지 않았다.

"오늘은 사케를 준비해. 아주 차갑게 말이야."

비서에게 직접 정종을 주문하는 부시의 기분은 요즘 들어 최고였다. 하늘 높은 줄 모르고 치솟던 케리의 인기에 거품이 빠지기 시작한데다 참모들과의 회의에서 이라크의 팔루자 사태에 대한 깔끔한 결론을 얻어냈기 때문이었다.

콘돌리자 라이스는 정말 마음에 드는 참모였다. 그녀는 모두 곤혹스러워하는 가운데 가장 단순하고 명쾌하게 점점 꼬여가던 이라크 사태의 가닥을 잡아냈다.

"이라크는 베트남과 다릅니다. 우리는 가장 강한 군사력을 행사함으로써 이라크 사태에 종지부를 찍고 모든 것이 완전히 정돈된 상태에서 민정 이양을 할 겁니다."

위태로울 수도 있는 결론이 발표된 직후 자신에 대한 미국민들의 지지도는 눈에 띄게 올라갔다.

덕분에 헬리콥터를 타고 캠프 데이비드로 떠나는 부시의 마음은 홀가분하기만 했다. 게다가 오늘은 세상에서 가장 기분 좋은 사나이 고이즈미가 오는 날이었다.

"사케는 준비됐어?"

기분파 부시는 고이즈미를 기쁘게 해주고 싶었다.

"각하, 물론입니다. 고이즈미 총리께서 가장 좋아하는 '기꾸'로 준비했습니다."

"잘했어. 사시미는?"

"총리께서 주방장을 직접 데리고 오십니다."

"오우케이!"

부시는 허공을 박차고 올라가는 헬리콥터의 경쾌한 날개 소리를 들으며 자신도 모르게 휘파람을 불었다.

바람이 약간 부는 가운데 고이즈미가 탄 헬리콥터가 지상에 상륙하자 프로펠러의 거센 바람을 뚫고 부시가 직접 달려가 헬리콥터의 문을 열었다.

"웰컴, 주니치!"

"곰방와, 조지."

두 사람은 누가 먼저랄 것도 없이 서로를 껴안았다.

"와줘서 고맙소, 총리 각하."

"반갑습니다, 대통령 각하."

"이번 방문은 무엇보다도 개인적으로 고맙소."

"그게 무슨 말씀입니까?"

"나의 선거를 위해 각하가 와주는 것을 나와 내 아내는 너무 잘 알고 있소."

"각하는 필승입니다. 저와 미국에 살고 있는 우리 일본인들은 당연히 각하를 지지할 겁니다."

"고맙소. 그런 의도로 각하가 와준 것을 나는 너무도 잘 알고 있소. 게다가 오늘의 방문은 나의 외교 정책에도 큰 힘을 실어주는 거요."

"선거에서의 승리를 위해 필요한 각하의 모든 정책에 찬성합니다."

"오오, 주니치!"

두 사람은 서로를 끌어안은 팔에 더욱 힘을 주었다.

"그런데 각하, 오늘은 바람이 좀 부는군요."

"잘됐소. 오늘은 운동이니 낚시니 하는 것보다 둘이 조용히 앉아 사케나 한잔 합시다."

"이제까지 온 것 중에 오늘이 가장 기분이 좋을 듯싶군요."

"그럼 기자들을 위해 간단히 정상 간담회를 하고 바로 술판으로 들어갑시다."

두 사람이 기자들을 향해 나란히 앉자 기자들은 질문을 시작했다.

"부시 대통령의 북한에 대한 정책을 고이즈미 총리께서는 어떻게 생각하십니까?"

"나는 전적으로 동감합니다."

"북한의 김정일에 대해 대통령께서는 여전히 부정적 견해를 갖고 계십니까?"

"물론이오. 그는 지금도 세계 평화를 위협하고 있소. 우리는 그에게 핵과 미사일을 포기할 충분한 시간을 주었소. 하지만 그는 어떤 성의도 보이지 않았소."

"고이즈미 총리께서도 김정일을 위험한 인물이라고 생각하십니까?"

고이즈미는 즉각 대답했다.

"동북아 안정에 심각한 방해가 되고 있는 인물이오."

"김정일을 제거하기 위한 각하의 정책에 한계는 없습니까?"

"나는 수단방법을 가리지 않을 거요."

"전방에서 병력을 빼내 모두 한강 이남으로 배치하는 데 대해 한국민들은 크게 근심하고 있습니다. 그것은 어떤 의미를 갖습니까?"

"우리는 전 세계에 있는 미군을 주재 당사국과의 충분한 논의를 거쳐 재배치하고 있소."

"한국과도 논의했습니까?"

"물론이오."

"한국의 입장에서는 동의하기가 어려웠을 텐데 협상 과정을 좀 얘기해주시죠."

"자세한 것은 국방부의 관리들이 잘 알 거요. 다음에 얘기합시다."

"그 문제로 미국과 협상하던 한국 외무부 관리들이 노 대통령을 비난한 후 문책을 당하고 외무장관도 경질되었는데 그 이유는 뭡니까?"

"세계 정세를 잘 아는 전문적 관리들과 노 대통령의 시각차가 컸던 모양이오."

"북한의 김정일이 집권하고 나서는 테러나 공격적인 행위를 한 적이 없는 것으로 기억하는데, 그럼에도 각하가 그를 부정적으로 보는 이유는 무엇입니까?"

"다시 말하지만 그는 악의 축이오. 하느님은 나에게 신성한 의무를 주셨소. 미국민들은 이란과 이라크, 그리고 리비아에 진정한 안정과 평화를 선물했소. 이란의 지도자는 우리의 설득을 받아들였고, 이라크의 후세인은 힘으로 축출했소. 그의 치하에서 십만이 넘는 무고한 사람들이 참혹하게 죽어간 것을 우리 모두 목격하지 않았소? 리비아의 카다피는 과거를 참회했소. 이제 남은 건 김정일뿐이오. 그는 수십만의 정적을 정치범 수용소에 가두고 핵 개발은 물론 미사일까지 세계의 테러 국가에 퍼뜨리고 있소."

"하지만 미국이 불가침 조약만 맺어주면 그들은 핵이니 뭐니 모두 포기하겠다고 하지 않습니까?"

"근본적으로 그는 믿을 수 없는 사람이오. 이제까지의 행동을 보면 그는 사기꾼이오. 나는 어떤 경우에도 그를 믿지 않소. 나는 내 방식대로 그를 정리할 거요."

부시는 이 말을 끝으로 자리에서 일어나 고이즈미와 악수를 나누는 포즈를 취했다. 기자들이 모두 빠져나가자 부시와 고이즈미는 다시 한번 힘있는 포옹을 나누었다.

"미친놈, 내가 사기꾼이라고?"

김정일은 치밀어 오르는 분노를 주체하지 못하고 방 안을 이리저리 서성거렸다.

"위원장동지, 진정하시라요. 미친개가 짖는 소리에 뭘 그리 흥분하십네까?"

"내 아무리 흥분하지 않을래도 어케 흥분 안 하갔어? 선거 끝날 때까지는 잠잠하나 싶었는데 또 저리 짖어대니 말이야."

"그냥 무시하시라요."

그러나 김정일은 속으로 은근히 불안해지지 않을 수 없었다. 요즘은 언제 어디서도 안심하고 있을 수가 없었다. 미국의 무기는 급속히 발달해 이제는 별별 암살용 무기가 다 나와 있는 실정이었다.

"무시하고 있을 수만은 없습네다."

누군가 자신의 심정을 헤아리는 발언을 하자 김정일은 반가 웠다. 호위총국장 김정남이었다. 김정일은 속으로 역시 내 아들이 최고라 생각하며 아들의 다음 발언을 기다렸다.

"지난번 이라크전이 시작됐을 때 장군님께서 금강산 벙커로 급히 들어갔던 것을 생각해보시라요. 부시 가래 언제 어떤 맘을 먹을지 모르는 또라이이기 때문에 평소에도 아주 조심해야 합네다."

"기래. 사실 나는 불안해!"

그랬다. 김정일은 불안하기 짝이 없었다. 이런 김정일의 마음에 기름을 끼얹듯 김정남은 발언을 이어나갔다.

"최근 정보에 의하면, 미국은 오로지 장군님을 살해하기 위해 특수 핵폭탄을 제작했다 합네다."

"지금 특수 핵폭탄이라 기랬니?"

"그렇습네다. 보통 폭탄은 작은 것에서 큰 것으로 올라가는 걸 발전이라 하는데, 이 핵폭탄은 큰 것에서 작은 것으로 내려오는 게 발전이라 합네다."

"야! 쓸데없는 소리 말고 요점만 빨리빨리 말하라!"

김정일은 너무나 원칙적이고 꼼꼼한 아들이 갑갑했다. 평소에는 그게 아들의 장점이라 여겼는데 지금과 같은 순간에는 무척이나 갑갑했다. 부시는 지금이라도 이곳에 폭탄을 퍼부을 수 있는 인물인데, 아들은 왜 저리 꾸물거리는지 이해할 수 없었다.

"정보에 의하면 그 소형 핵폭탄은 벙커에 들어가도 아무 소용 없다고 합네다. 자로 잰 듯이 정확해 여러 개의 건물 가운데 하나만 완전히 붕괴시킬 수 있습네다. 그 옆의 건물엔 흠 하나 안 가게 하면서 말입네다."

김정일의 표정이 몹시 굳어졌다.

"부시 그놈이 지금이라도 쏠 수 있단 얘기 아니니?"

"장군님의 행적은 저 푸른 하늘 속에 감춰진 인공위성으로부터 감시받기 때문에 부시는 마음 내키면 언제든 저격용 핵미사일을 쏠 수 있습네다."

김정일은 일 년 전쯤 CIA가 예멘인가 어디서 무인 비행기를 이용해 미사일을 발사해 회교 반군 지도자를 죽였다는 사실을 알고 있기 때문에 이런 보고를 받는 마음이 예사롭지 않았다. 더군다나 벙커에 은신해도 소용없는 핵무기까지 개발됐다고 하지 않는가.

그러나 김정일은 곧 침착을 되찾았다.

"방법을 찾아봅세다."

"장군님은 인민의 앞에 나타나지 않을 수 없기 때문에 완벽한 은폐는 불가능합네다."

맞는 말이었다. 만 번을 조심해도 한 번 실수로 모든 게 수포로 돌아갈 수 있었다.

"저들은 장군님이 침실에서 일어나 방에 딸린 화장실에 들어가는 것도 구분해냅네다."

"그럴 정도나?"

"불행히도 그렇습네다. 남한의 고급 자동차에는 위성에서 신호를 받아 지형 및 현재 위치나 목적지를 알려주는 장치가 달려있는데, 기거래 미국이 전 세계를 대상으로 해주는 위성 서비스때문입네다. 남한뿐 아니라 전 세계 모든 곳, 모든 차에서 그게 동시에 가능합네다. 그러니 미국 아이들 인공위성 기술이 얼마나 발달한 겁네까?"

미국을 거역하고 산다는 것은 참으로 피곤한 일이었다. 김정일은 갑자기 자신이 크게 위축되는 걸 느꼈다.

"지도자동지, 일단 남조선엘 한번 갔다 오시는 것이 어떻습네까?"

유엔 대사로 있다 돌아와 서방의 분위기를 잘 아는 신임 외무상이었다.

그 말을 듣고 김정일은 잠시 눈을 감고 생각하다 신중한 표정으로 입을 열었다.

"무슨 특별한 이유라도 있소?"

"저는 지금이 기회라면 기회라는 생각이 듭네다."

"무슨 기회란 말이요?"

"미국 대통령 선거가 약 석 달 남았습네다. 지금은 부시가 선거 때문에 과격한 행동을 하지 못합네다. 이때 남조선과의 관계를 확실히 다져두는 게 좋다는 생각입네다. 부시가 공격을 하든 뭘 하든 중국과 남조선의 태도가 중요합네다."

김정일은 고개를 끄덕였다.

"남조선이래 대통령이나 국회나 지금이 우리와 가장 가까울 수 있습네다. 남조선에 가서리 가들 듣기 좋아하는 말 몇 마디 해서 가슴에 불씨 하나 남기고 오시면 가들이래 감정이 확 불붙어서 핵문제가 됐든 뭐가 됐든 미국보다 지도자동지 편이 될 가능성이 아주 큽네다."

"그럼 내가 서울을 전격 방문할까?"

"좋습네다."

"당신들은 어떻게 생각하시오?"

심복들은 이구동성으로 대답했다.

"대환영입니다."

"하긴, 지난번 중국 갔을 때 원 자바오 총리가 넌지시 그러더군. 남조선에 한번 갔다 오라고 말이야. 그럼 비공식 라인을 통해 남조선 측과 한번 협의해보라요."

"하지만 거기에는 약간의 문제가 있을 수 있습네다."

"뭐요?"

"남조선이래 여기와 달라서 대통령이 무엇을 결정하더라도 일반 시민은 거부할 수 있습네다."

"기래서요?"

"남한을 방문하는 데 있어서는 약간의 형식이 필요하지 않을까 싶습네다."

"무슨 얘기요?"

"우리가 남조선 방문을 먼저 제안했다가 남조선 인민들의 냉대를 받을 경우를 생각하자는 얘깁네다."

"꼴이 우습게 되갔구만."

"그러니 남조선의 초청을 받아 방문하는 것으로 모양을 잡는 것이 낫지 않갔습네까?"

"옳은 말이야. 그러나 미국이 강력히 반대할 텐데, 남조선 정부래 시원하게 초청해줄까?"

"다시 한번 중국에 부탁하는 게 어떻갔습네까?"

"중국에?"

"네. 지난번 정상 회담은 장 쩌민 동지가 나서서 성사시키지 않았습네까?"

"아니요. 이번에는 우리가 직접 하시오. 앞으로도 그까짓 일로 중국에 의존하지는 마시오. 우리가 얼마든지 할 수 있소."

"명심하갔습네다."

새로운 청와대

대통령은 남북연락관으로부터 김정일이 서울을 방문하고자 한다는 보고를 받자마자 곧바로 각료들과 회의를 가졌다.

"김 위원장이 서울로 오는 것에 대해 미국은 정면으로 반대했습니다."

"왜 반대지요?"

"이번의 서울 방문이 김정일 위원장의 도피로 여겨지는 점도 있어 그런 걸로 생각됩니다."

"도피란 뭘 말하는 겁니까?"

논쟁을 좋아하는 대통령은 낯선 단어 하나하나에 일일이 신경을 썼다.

"김 위원장은 남한을 방문함으로써 핵 개발로 말미암은 어려운 입장에서 벗어나려는 겁니다."

"음."

"게다가 우리 사회 내부의 반발도 상당할 걸로 생각됩니다."

"결론은?"

"김 위원장의 답방을 거부하는 겁니다."

"다른 의견은 없소?"

"저는 외무장관과 전연 다른 의견을 말하고자 합니다."

"어떤 의견이지요?"

"우리는 이제 새 시대를 열어야 합니다. 미국의 반대가 있다 하더라도 우리는 김 위원장의 방문을 열렬히 환영해야 합니다. 당장 초청장을 보내야 합니다."

"미국의 반대 입장은 어느 정도 수위요?"

"미국 대사는 대통령의 의사라고 했습니다."

"부시 대통령의 의사란 말입니까?"

"그렇습니다."

"알겠습니다. 이제 결론을 내리겠습니다."

각료들은 대통령의 입을 주시했다.

"김 위원장을 초청합시다. 신속하게 실무 작업을 마치고 최대한 빨리 그가 서울에 올 수 있도록 하세요."

대통령은 시원스레 결론을 내렸다.

시민들은 뉴스를 통해 한국 정부가 김정일을 초청했고, 김정일이 쾌히 초청을 수락했다는 소식을 접했다.

소식을 접한 미래는 왠지 김정한에게 전화를 걸고 싶었다.

"분단 후 처음으로 미국의 반대를 무릅쓰고 김정일 초청이라는 쾌거를 이루었다고 하네요. 신문 기사를 보니 미국 쪽에서 난리가 났다는데요. 외교 경로는 말할 것도 없고 심지어는 대통령에게까지 미국에서 직접 항의가 들어왔다고 해요."

"미국과의 동침이라는 타성에 젖은 사람들은 오히려 불안해할 것 같은데."

"어쨌든 변화는 필요해요. 그런데 무엇보다 노 대통령이 이번에는 이상한 발언을 하지 말아야 할 텐데요."

"이미 북한에 통보했고 언론에 다 공표된 건데 어쩌겠어?"

"김정일 앞에서 미국이 없었다면 북한 정치범 수용소에 갇혀 있을 거라고 하진 말아야 한다는 얘기예요."

"뭐? 하하하하! 그때는 미래가 자존심이 굉장히 상했었나 보네."

"그런데 미국은 언제 가요?"

"글쎄, 아직 캠프 데이비드에서 중요한 회합 일정이 안 잡혔나봐."

"일단 결심을 하고 나니 기다려져요."

"그렇겠지."

중좌의 잠입

강철민 중좌는 어린 딸과 함께 놀고 있다가 요란하게 울리는 전화기를 들었다.

"강 중좌? 나 허세철이오."

"네. 강철민입니다."

"샹그리라 호텔로 나오시오. 저우 회장도 나올 거요."

"알겠습니다."

강철민 중좌가 나갔을 때는 이미 두 사람이 앉아서 기다리고 있었다.

"늦었습니다."

"괜찮소. 강 중좌 얼굴이 훨씬 나아졌구먼."

"아무것도 안 하고 있습니다."

"거의 이십 년이 되도록 특수전만 치르다 가만있으니 좀이 쑤시겠지. 그런데 이제 기회가 왔소."

"……."

"김정일이 서울을 방문한다는군."

"……."

순간 강철민의 뇌리에 딸아이의 얼굴이 스쳐갔다. 이제 헤어질 때가 된 것인가? 강철민의 이런 마음을 헤아리기라도 하듯 허세철의 말이 이어졌다.

"딸은 저우 회장이 맡아서 잘 키울 거요. 친딸처럼 키우기로 했소."

"감사합니다."

"강 중좌."

"네."

"목숨이 아까울 거요."

"……."

"그러나 김정일이 있는 한 북조선 인민은 마소보다 못한 삶을 살다 비참하게 죽어야만 한다는 사실을 누구보다 강 중좌가 잘 알 거 아니오?"

"그렇습니다."

"어려운 부탁이지만 인민을 위해 목숨을 바쳐야겠소."

"알겠습니다."

"서울에 가면 총을 전해줄 사람이 있소."

"누굽니까?"

"공화국의 정예 요원이오."

"공화국의 정예 요원이라면 김정일에 충성하는 요원이란 뜻입니까?"

"……."

"허 상장님께 충성하는 자라면 이미 공화국을 한 번 배신한 인물이 아닙니까?"

"음, 내 표현이 좀 서툴렀나."

"조심하자는 얘기에 불과합니다."

허세철의 얼굴에 약간 당황하는 기색이 스쳤다.

"일단 잠입하시오. 바로 연락하겠소."

강철민 중좌는 말없이 허세철이 주는 번호를 받았다.

"모든 준비는 이쪽에서 해줄 거요."

"알겠습니다."

중좌는 허세철이 어떻게든 상황을 장악하고 싶어한다고 생각했다. 그리하여 자신이 독재 정권을 마감지은 인물로 등장하고 싶어할 것이었다.

"여기 한국 여권을 만들었소."

강철민은 겉면이 녹색으로 된 여권을 받아드는 순간 주체할 수 없는 감회가 밀려들었다. 처음 평양을 떠날 때부터 꿈에도 그리던 대한민국 여권. 아내와 함께 어떻게든 한국에만 들어가면 살 수 있을 거라고 그렇게도 꿈에 그리던 여권이었다.

"으음."

강철 같은 중좌도 아내에 대한 그리움을 주체하지 못하고 신음을 흘렸다. 거기에는 인질로 잡혀 있다 나중에는 부모도 없이 어떻게 될지 모르는 서글픈 딸의 운명에 대한 한탄이 내포되어 있었다.

서울로 떠나기 전날 밤 강철민은 철없는 딸과 밤늦게까지 놀았다. 평소와 달리 장난감 공을 굴려주자 뭐가 그리 재미있는지 해맑은 표정으로 까르르 웃다 잠든 딸의 얼굴이 자꾸 아내의 얼굴과 겹쳐졌다.

'여보, 나도 어떻게 해야 할지 모르겠소. 지금 딸아이를 데리고 여길 탈출해야 하는 건지, 아니면 김정일을 죽여 수많은 사람들의 불행을 막아야 하는지 판단이 안 서는구려.'

강철민은 어차피 자신은 서울로 잠입해야 할 운명이란 걸 느끼고 있었다. 그러나 딸을 남의 손에 맡겨두고 가야만 한다는 사실에 깊은 죄책감을 느끼지 않을 수 없었다.

강철민은 인천공항을 통해 서울로 잠입했다. 북한에서 듣던 대로 서울은 거대한 도시였다. 저우 회장이 충분히 자금을 주었기 때문에 강철민은 롯데호텔과 조선호텔에 각각 방을 잡았다. 그 후 강철민은 몇 번에 걸쳐 허세철이 일러준 공작 거점과 연락을 취했다.

그는 누군가를 만날 때마다 멀리서 주변을 확인할 수 있는 곳을 택한 다음 한참 동안 주변을 관찰하고서야 몸을 드러냈다. 물론 총을 받을 때도 여러 번에 걸쳐 부품을 받아 호텔에서 조립했다.

격발 연습을 하려고 총을 들던 강철민은 문득 자신이 개마고원 특수전 훈련장에 있는 듯한 착각을 했다.

"음."

대형 거울에 비친 자신의 모습이 한없이 쓸쓸해 보였다. 아기를 홍콩에 두고 온 것이 너무나도 마음 아팠다. 그러나 강철민 중좌는 한없이 쓰라린 가슴을 눌러가며 거울에 대고 수없이 방아쇠를 당겼다.

외출했다 돌아오는 길에 장 검사는 자기 방에서 나오는 부장
을 보고 의아해했다.

"아, 장 검사. 마침 잘 만났소."

"네? 무슨 일이라도?"

"검찰에서는 당신이 경호관리관으로 뽑혔어요."

"네?"

"김 위원장의 전격적인 방문 말이오. 누군가 경호 지휘를 해
야 할 것 아니오. 물론 청와대 경호실과 경찰에서도 하겠지만 공
안검사가 감독해야 할 부분도 있소. 그 적임자로 장 검사가 선정
됐단 말이오."

장 검사는 그 이유를 알 것 같았다. 부장은 자신이 혹시 이정

서 사건 수사의 영역을 넓혀가지나 않을까 염려하던 터라 이런 일을 맡겨 수사의 맥을 끊어놓으려는 것이라고 생각했다.

"심심하던 차에 잘됐습니다."

장 검사는 부장이 나서서 한 일이라면 바꿀 수도 없다는 생각을 하며 빈정거리듯 말했다.

"좋은 경험이 될 거요."

"부장님은 하신 적이 있습니까?"

"나는 없어요."

"그런데 좋은 경험이 될지 어떻게 아세요?"

"그럴 거란 뜻이오."

부장은 계면쩍은지 뒤를 얼버무리고 자리를 피했다. 책상을 보니 부장이 갖다 놓은 듯 관련 서류들이 놓여 있었다. 장 검사의 눈길이 저절로 국가정보원의 상황 분석 자료에 가서 멎었다. 국가정보원에서는 김정일의 경호가 만만치 않은 것으로 판단하고 있었다. 무엇보다 국정원이 신경 쓰는 건 미국의 강경파들이었다.

'최근 정부가 미국의 노골적인 반대를 무릅쓰고 김정일을 초청한 데 대해 미국 내 강경파들이 매우 흥분하고 있습니다.'

로저의 말이 떠올랐다. CIA가 가장 우선적으로 고려하는 것은 암살이라 했고, 미국은 테러리스트들에게는 온갖 방법을 다

동원할 것이라 했다. 이미 부시는 9·11 테러 이후 공격적 방어 차원에서 위험 인물에 대해서는 공공연히 암살을 지시하고 있었다.

장 검사는 처음의 심드렁한 기분을 누르고 신경 써서 문건을 훑어봤다. 만약 김정일을 암살하려는 세력이 있다면 지금이 바로 그 기회일 것 같은 기분이 들었다. 김정일이 서울에서 암살당한다면 그 파장은 엄청날 것이었다. 장 검사는 모든 미결 사건을 덮고 이 일에 진력해야 한다는 생각을 했다. 일이야 터질 리 없겠지만 일단 지금은 자신이 맡은 일에 최선을 다해야 할 상황이었다.

김정한은 미래와 준을 후암동의 연구소로 불렀다.

"이왕 할 일이면 빨리 시작하고 싶어요. 기다리는 게 더 긴장되거든요."

"그래. 연습할 수 있는 좋은 기회가 생겼어."

"뭔데요?"

"최근 평택의 특수부대에서 국내의 각 기관이나 개인을 도청하는 빈도 수가 급격히 늘었어. 게다가 본국에서도 새로운 요원들이 온 것 같단 말이야."

"그런데요?"

"무슨 일이 있어서 그러는지 궁금하기도 하고 연습도 할 겸 미국 대사관을 도청하자는 거지."

"아, 그거 아주 흥미롭겠는데요."

"어려운 일은 아니지만 그래도 신중해야 해."

"알겠습니다. 그런데 저희가 할 일은 뭐죠? 또 나방을 씁니까?"

"아니. 거기는 시내라 불빛이 너무 많아 나방을 쓸 수 없어."

"참, 그렇군요. 그러면 어떤 방법이 있습니까?"

"공업용 껌을 쓸 거야."

"네?"

"도청기 주변을 공업용 껌으로 싼 다음 엽총으로 미국 대사관의 건물 벽에 쏘는 거야. 오층 맨 오른쪽 방 두 개가 CIA가 쓰는 통신실이니까 거길 꾸준히 감시해보지."

"공업용 껌이 뭡니까?"

"문자 그대로 껌이야. 도청기를 싸고 있는 일종의 말랑말랑한 고무라 생각하면 돼. 도청기가 건물 벽에 붙을 때 생기는 충격을 완화하면서 계속 건물 벽에 붙어 있도록 만드는 거지."

"껌이라면 떨어지지 않을까요? 비가 오기라도 한다면."

"겉에는 순간접착제 처리가 되어 있으니 걱정할 것 없어."

김정한은 두 사람을 응시하며 씩 웃었다.

"총을 잘 쏘는 사람이 필요하지 않겠어요?"

"염려 마. 내게는 명사수가 있어."

준은 김정한을 늘 수행하는 젊은 사람을 떠올렸다.

동상이몽

삐삐 삐삐삐.

미국 대사관 부근의 코리아나호텔에 방을 잡고 수신기를 지
켜보던 준과 미래는 수신기에 신호가 나오자 흥분한 기색으로
김정한의 얼굴을 보았다.

"이것 봐. 수신기가 울잖아."

"어머. 정말이네요."

"그러면 사람의 목소리가 녹음되고 있다는 얘기야."

"다른 소음에 대해서는 수신기가 작동하지 않나 봐요."

"그래. 센서가 달려 있어 사람의 목소리만 선별해 녹음되도
록 해놨어. 그래야 어려운 곳에 한 번 설치해도 오랫동안 지속
되지."

"물론 이 수신기의 소리를 죽일 수도 있는 거죠?"

"그럼. 램프만 깜박거리게 할 수도 있고, 둘 다 아예 동작하지 않게 할 수도 있어."

"그럼 뭐가 녹음되었는지 들어볼 때는요?"

"그땐 이걸 누르기만 하면 돼."

김정한이 만든 도청기와 수신기는 대단했다. 준과 미래는 이 뛰어난 장치를 보면서 다소 안심했다.

김정일은 서울을 방문하기 전, 중국과 러시아의 정상들과 전화 회담을 가졌다. 자신의 방문이 두 대국의 지지를 받고 있음을 미국에 상기시키려는 의도였다. 후 진타오와 푸틴은 이라크 침공 이후 점점 세력을 확장하는 미국을 경계하고 있던 참이라 전화 회담에서 김정일에 대한 절대적 지지를 표시했다.

특히 한반도에서 영향력이 점점 줄어가는 현상에 대해 염려하던 푸틴은 김정일에게 대단한 호의를 보였다.

"김 위원장, 서울에 가면 숙소로 우리 대사관을 이용하시오. 새로 지었는데 너무 잘 지었다 하오."

"각하께서 그렇게 신경을 써주니 내래 무척 감사하외다."

"반드시 그렇게 하시오. 내 특별히 위원장의 방한 기간 내내 우리 경호요원을 추가로 파견해 서울에 머무르게 하겠소."

"호의에 진심으로 감사드립네다."

김정일은 처음의 위축된 분위기를 완전히 떨치고 자신만만한 모습으로 서울을 방문할 준비를 했다.

"위원장동지, 정말 러시아 대사관에 머무르시갔어요?"

"길쎄."

"푸틴 동지래 뜻은 고맙지만 불편하지 않갔습네까?"

"기래도 안전이 제일 아닌가? 아무리 미국이래도 러시아 대사관을 상대로는 장난을 칠 수 없갔지."

"아, 네."

"하지만 아무래도 거긴 불편할 거야. 뭐니 뭐니 해도 호텔이 제일이지."

"여부가 있갔습네까?"

"하지만 우리만 알고 있고, 남한 아기들한테는 미리 말하지 말라. 하루 전에 호텔로 가갔다 하라."

"알갔습네다."

강철민은 허세철로부터 김정일이 신라호텔에 머물 것이라는 얘기를 듣고서야 고개를 끄덕였다. 뉴스에서는 어째서 러시아 대사관이 숙소가 될 거라고 하는지 모르지만 강철민이 아는 한 그것은 김정일의 스타일이 아니었다.

강철민은 신라호텔을 면밀히 살피다 최고의 저격 위치를 잡아냈다. 현관 앞 정원. 하지만 그것은 보통의 저격수로서는 꿈도 꿀 수 없는 위치였다. 비트에 관해선 신을 능가한다는 명성을 가진 강철민이 아니고서는 그 누구도 거기에 비트를 팔 수 있다고 아예 상상조차 할 수 없었다.

강철민은 조선호텔에서 자동차를 빌렸다. 검은 옷을 입은 그는 밤이 깊어지면 자신이 고른 위치로 가서 비트를 파기 시작했다. 그는 밤새 기고 또 기었다. 얼굴에는 구두약을 잔뜩 바르고 오직 검은 두 눈만 반짝반짝 빛내며 그는 땅바닥에서 결코 몸을 떼지 않았다. 약간이라도 심상치 않은 기분이 느껴지면 그는 배를 땅에 깐 채 삼십 분이고 한 시간이고 미동도 하지 않았다.

며칠간 그의 밤은 그렇듯 낮게낮게 지나갔다.

중좌는 몇 개의 쇠막대기와 물리학적 지식을 이용해 자신의 비트 위에 자동차가 지나다녀도 무너지지 않을 정도의 단단한 지지력을 만들어냈다. 작업하는 동안 간간이 중좌는 자신이 북한에서 장병들을 앞에 놓고 각종 비트에 대한 실습 강의를 하는 듯한 착각에 사로잡혔다. 그리고 착각은 이내 안타까운 기억을 들추어냈다.

"아바지!"

중좌는 울음을 터뜨리며 자신을 부르는 딸아이의 목소리가 들리는 듯해 미칠 것 같았다. 하지만 그는 그 괴로움을 누르며 땅을 파고 또 팠다. 그의 무서운 의지력과 비트에 대한 독보적인 지식은 하나의 단단하고 안전한 공간을 만들어냈다. 특급 호텔과 비트 사이를 왕복하는 그의 이상한 생활에 주목하는 사람은 아무도 없었다. 마지막 날 중좌는 저격용 라이플과 자살용 권총을 비롯해 물과 식량을 넣었다. 그러고도 들어가 몸을 눕힐 공간이 되었다.

중좌는 그 정도면 만족스럽다고 생각했다.

비트를 완성한 날 그는 차를 반납하고 혼자 호텔의 바에서 맥주를 마셨다.

창밖에 둥그렇게 떠오른 달이 중좌의 가슴을 밤새 흔들었다. 중좌는 결국 그토록 참으려 했던 눈물을 떨어뜨리고 말았다.

"여보!"

중좌는 눈물을 삼키며 아내를 불렀다. 남한으로 가기만 하면 된다는 일념으로 두만강을 같이 건너던 그날 밤의 기억이 중좌의 가슴을 모질게 후비고 들었다.

1626799265772568901235277326279386796529979215579612936629676516796658729656
5479152795682568465915687925012658354791527568526568591568792501264
5768525684649926501265835479162756879250126835479152791527568526568591568792501
5127568525684659156879250126501527568525684659156879250126583567
5275685915687925012658354791527568525684591568792501
9152756825684659156879250126583570947152756852568465915687925012456835479152795685256865915156
583547915279152756852568465915687925012658354791527568526568591568792501265835479152795685256865915156879250126458354791527958525
5768529250126583567
7925012658354791527568525684659156879250126583567
5275684591568792501265835479152756852568465915687925012&

CIA

　　버지니아 주 랭글리에 있는 미 중앙정보국 본부 지하에 있는
유리로 만든 돔 회의장에는 국장을 비롯한 몇몇 사람이 심각한
표정으로 앉아 있었다. 완벽한 방음장치가 되어 있는 이 방에서
의 회의 내용은 기록되지도 녹음되지도 않는다. 그냥 모든 걸 결
정할 수 있는 사람들이 모여 자신의 의견을 구두로 얘기하고 토
론을 거쳐 결론이 나면 그대로 실행될 뿐이었다.

　　따라서 아무도 자신의 행동에 대해 책임을 지지 않을 뿐 아니
라 멤버 중의 누군가가 배신한다 하더라도 아무런 증거가 남지
않기 때문에 부인하면 그만인 그런 회의실이었다. 하도 회의가
잦아 나중에는 자신이 무슨 말을 했는지는 물론 자신이 어떤 생
각을 했는지도 잊어버리는 곳이다.

오늘도 이곳에서는 동북아시아 본부장 주재로 심상치 않은 이야기가 오가고 있었다.

"한국 정부가 이번에 우리의 반대에도 개의치 않고 김정일의 방문을 허락한 것은 그냥 넘길 수 없는 일이오. 그냥 두면 나중에는 어떤 이상한 일이 생길지 모른단 말이오. 오늘 이 자리에서는 한국 정부를 어떻게 응징할지를 결정해야 하오."

동북아시아 본부장이 무거운 음성으로 운을 뗐다.

"먼저 이렇게 된 배경에 대한 연구가 필요합니다."

"배경이라, 말해보시오."

"여러 가지 이유가 있겠지만 가장 핵심적인 것은 통상 우리가 상대하던 대통령이 아닌 이상한 자가 대통령에 당선되었다는 사실입니다."

"노무현."

누군가가 나지막한 목소리로 되뇌었다.

"그는 두 번에 걸친 대성공을 거두었습니다. 불가능할 것 같던 대통령에 당선되었고, 그의 추종자들이 대거 국회를 장악했습니다."

"어떤 변화가 있소?"

"이들이 위험한 발상을 할 소지가 아주 크다는 데 문제가 있습니다."

"위험한 발상이라면?"

"이들은 개혁을 표방하며 정권을 잡았지만 대다수의 국민이 바라는 성장을 이루어내기는 어려울 걸로 보입니다."

"원래 개혁과 성장은 반비례하는 법 아니오?"

"이들은 성장이라는 벽에 부딪히게 되면 더 큰 걸로 승부를 걸려고 할 겁니다."

"더 큰 승부? 그게 뭐요?"

"북한과의 통일입니다."

"당장 통일이 아니라 하더라도 그에 버금가는 획기적 관계 개선을 하려 들 가능성은 있겠군."

"이런 분위기에서 그들은 결국 한국을 우리로부터 떼어내 중국의 품안으로 가지고 들어가게 됩니다. 그러니 지금은 아주 강력하게 한국을 응징해야 할 때입니다."

"어떻게 응징하느냐가 문제요."

"김정일을 제거합시다. 그자는 어차피 그냥 둘 수 없는 자요. 만약 서울에서 그자를 저격한다면 한꺼번에 두 마리 토끼를 잡는 거요."

"두 마리 토끼라면?"

"김정일은 가고 노무현은 쿠데타에 의해 실권을 잃을 거요."

"그러나 지금은 너무 시간이 없지 않소? 그들의 정상 회담까지는 불과 며칠밖에 안 남았을 텐데."

"그 점은 염려 마시오. 김정일에 대해서는 늘 대비하고 있으니까. 다만 여러분의 동의가 필요할 뿐이오."

동북아시아 본부장이 무겁게 내리누르는 듯한 목소리로 물었다.

　"동의하는 거요?"

　반 이상의 참석자들이 손을 들자 본부장은 나지막한 목소리로 결론을 내렸다.

　"그럼 일을 진행하시오. 국장에게 재가를 받겠소."

지하철 사건

CIA의 한국 지부장 윌슨은 동북아 본부의 결정을 이해할 수 없었다. 자신도 모르게 히트맨을 한국에 투입시켜놓았다는 것까지는 이해할 수 있었다. 본래 한국에서 일어날 사건이라면 한국에서 사람을 구하는 것보다 외국에서 투입하는 것이 정상이다. 그러나 한국 상황을 관장하는 자신의 의견에 반해 사람을 보낸다는 것은 도저히 납득이 가지 않는 처사였다. 현장 우선이야말로 조직의 최우선 원칙이었다. 윌슨은 얼굴을 잔뜩 찌푸린 채 통신실로 올라갔다.

"오늘은 뭐 좋지 않은 일이라도 있나 봐요?"

여직원의 인사도 귀에 들어오지 않는지 윌슨은 전화기 리시버를 귀에 꽂았다.

"샐리, 본부의 동북아시아 본부장 좀 대줘요."

"네, 지부장님."

잠시 후 전화가 나오자 윌슨은 애써 화를 누르며 차분하게 상황을 설명했다.

"알아, 윌슨. 안다니까. 하지만 절대 드러나지 않아."

"지금은 상황이 너무 분명해요. 누구라도 우리가 간여하고 있을 걸로 생각한단 말입니다. 저는 이렇게 명백한 상황에서는 절대로 협조할 수 없습니다."

"아니야, 윌슨. 아주 완벽해. 처음부터 무척 공을 들인 거야. 누구도 그가 정치적 동기로 그랬다고는 생각지 못해. 그에게는 너무나 뚜렷한 개인적 동기가 있어."

윌슨은 신중하기 짝이 없는 성격의 본부장이 이렇게나 자신하는 데에는 뭔가 있을 것 같다는 생각이 들었다.

"도대체 어떻게 돼가고 있는지 알아보고 결정하겠습니다."

"그렇게 해. 그러나 아무 문제 없어. 자네도 들어보면 몸에 소름이 돋을 정도로 놀랄 걸세. 세상에 이처럼 완벽한 공작은 없어. 누가 봐도 개인적 동기로밖에는 생각이 안 돼."

"알겠습니다. 사람을 보내주십시오. 들어보고 나서 결정하겠습니다."

"그쪽 부서 요원들이 벌써 거기에 가 있네. 곧 전화할 거야."

전화를 끊고 잠시 기다리자 본부의 요원으로부터 전화가 걸려와 윌슨은 바로 수화기를 집어들었다.

"지부장님, 본부에서 온 팀입니다."

"반갑소. 일단 만납시다. 대사관으로 오시오."

그러나 윌슨은 이들 팀으로부터도 신통한 정보를 얻을 수 없었다.

"도대체 누가 언제 어떻게 잠입했는지, 일은 어떻게 할 건지 알아야 지원을 하든 사후 대비책을 세우든 할 거 아니오?"

"그러나 이번에는 아주 특이합니다. 저희도 많은 공작을 해보았지만 이번처럼 아무것도 모르는 상태에서 대기해본 적은 없습니다."

"그럼 우리는 언제 히트맨에 대한 정보를 얻을 수 있단 말이오?"

"본부에서는 히트맨 개인에 대해 대단한 신뢰를 갖고 있습니다. 모든 것을 그에게 맡긴 모양입니다. 저희도 히트맨이 현재 잠입해 있다는 사실만 알 뿐 그가 누구인지에 대한 정보가 하나도 없습니다."

"본부의 누가 알고 있소?"

"아마 동북아시아 본부장님만이 알고 있을 겁니다."

"……."

윌슨은 처음보다는 훨씬 안심이 되었다. 염려했던 것과는 달리 보안이 철통처럼 지켜지고 있었다. 보통의 경우 암살이라면 십여 명의 요원이 지원하고 수십 명 이상이 중요한 정보를 갖고 우왕좌왕하기 일쑤였다. 그러나 이미 히트맨이 들어와 있는데 도 이렇게 조용하다면 일이 잘될 것 같은 기분이 들었다.

"거사 후 히트맨은 어떻게 되는 거요?"

"본인이 자살하는 걸로 알고 있습니다."

"그럴 시간이 있을까?"

"할 수 있는 사람이라고 들었습니다."

윌슨은 본부에서 자신에게도 알리지 않고 일을 준비했다는 것은 그만큼 중요한 일이고 또 그만큼 자신 있다는 얘기로 받아 들이기로 했다.

"하여튼 기다려봅시다."

아침에 허세철과 통화를 마친 강철민 중좌는 호텔을 나와 시 내를 걸었다. 오늘이 밝은 곳에서 보내는 마지막 날이라는 생각 에 강철민 중좌의 머릿속에선 만감이 교차했다. 허세철은 내일 이면 김정일의 숙소가 러시아 대사관에서 신라호텔로 바뀔 것 이라고 했다.

아무 데도 갈 곳이 없는 강철민이지만 발길은 한 곳에 머물러 있지 않았다. 그는 자신도 모르게 지하철역으로 들어섰다. 표를 끊고 지하로 내려가면서 강철민은 피식 웃음을 흘렸다. 오늘 밤 부터는 계속 지하에 있을 텐데 이 아까운 시간에 지하로 내려가 고 있는 스스로에게 웃음이 나왔던 것이다.

출근시간대가 지나 그런지 지하철 승객은 별로 없는 편이었다. 벤치에 앉아 아무 데나 눈길을 주고 있던 강철민 중좌의 망막에 어디서 나타났는지 이제 불과 서너 살 정도 된 여자아이가 잡혔다. 강철민 중좌는 여자아이가 걸어온 방향으로 눈길을 돌렸다. 뭔가 이상한 기분이 들었다. 당연히 아이를 쫓아와야 할 보호자가 보이지 않았다.

"아가, 아이 착해라. 이리 와."

벤치에 앉아 있던 할머니가 일어나며 아이를 불렀다. 아이의 서 있는 위치가 열차가 다니는 선로 쪽에 가까워 할머니는 왠지 불안한 모양이었다. 그러나 아이는 웃기만 할 뿐 할머니 쪽으로 다가오려 하지 않았다. 불안해진 할머니가 아이 쪽으로 달려가다가 갑자기 '아이쿠' 소리와 함께 무릎을 쥐며 그대로 주저앉아 버렸다.

"아가!"

할머니가 목소리를 날카롭게 찢으며 아기를 불렀지만 아이는 뒤도 안 돌아보고 열차가 들어오고 있는 선로로 쪼르르 달려갔다.

"아가!"

할머니의 날카로운 외침에 놀란 듯 아이가 멈춰 뒤돌아섰다. 주변에서 한순간 긴장했던 사람들은 아이가 멈추자 안심했다. 그러나 아이는 뒤돌아서는가 싶더니 그대로 플랫폼 밑으로 떨어지고 말았다.

"아악! 애가 떨어졌다!"

빠아아앙!

달려오던 열차가 날카로운 경적과 함께 급브레이크를 밟았지만 이미 때는 늦고 말았다. 괴물 같은 쇳덩어리는 기관사의 의지와는 상관없이 선로 한가운데 떨어진 아이를 향해 무심하게 달려들었다.

"아악!"

"어어!"

"맙소사!"

"저런!"

모두가 비명을 지르는 가운데 열차는 멈추지 않고 그대로 선로를 지나가버렸다.

빠아아아앙!

날카로운 경적을 울리며 열차가 멎자 얼이 빠진 채 서 있던 사람들은 모두 아이가 있던 자리로 달려갔다. 그러나 그 자리에 아이의 흔적은 없었다.

"아아!"

곧이어 사람들이 달려오고 구급대와 경찰이 오자 열차는 서서히 후진했다. 사람들은 무심한 선로와 쇳바퀴 사이에서 열심히 흔적을 찾았지만, 아이는 통째로 쇠바퀴에 말려 올라갔는지 핏방울 한 점 보이지 않았다.

"오오!"

기관사는 절규했다. 열차가 아이를 덮치기 직전 눈을 감아버린 그는 철마가 진정으로 원망스러웠다. 그러나 다음 순간 그의 귀에 환희에 찬 목소리들이 들어왔다.

"엇!"

"아이다!"

"살았어!"

"아이가 살았어!"

기관사의 눈에 선로 옆 빈 공간에서 몸을 일으키며 가만히 아이를 플랫폼에 올려놓는 손이 들어왔다.

"저 사람이 아이를 살렸다!"

기관사는 달려가 손을 내밀었다. 그러나 사나이는 기관사의 도움도 받지 않고 획 뛰어 단숨에 플랫폼으로 올라섰다.

"오오, 고맙습니다."

강철민이었다.

할머니가 죽었다 살아난 표정으로 아이를 껴안았고, 사람들도 저마다 감격한 표정으로 감사의 표시를 했지만 중좌는 아이를 안고 몇 번 뺨을 비비더니 돌아서 급한 걸음을 옮겼다.

"아니, 이보세요!"

"선생님!"

사람들이 모두 중좌를 불렀지만 중좌는 뒤도 돌아보지 않고 걸었다.

"선생님, 잠깐 서세요!"

경찰관 한 사람이 아이가 무사한지 이리저리 살피다 급히 몸을 돌리며 중좌를 불렀다. 그래도 사나이가 걷기만 하자 혹시 사나이가 못 들었나 싶어 호각을 삐익 불었다. 그러자 중좌는 뒤를 힐끗 돌아보고는 뛰기 시작했다. 경찰관은 순간적으로 의구심이 일었지만 설령 수상한 자라 해도 쫓지 않기로 생각을 고쳤다. 사람의 목숨을 구한 것만큼 훌륭한 일은 세상에 없을 거란 생각에서였다.

강철민 중좌는 그날 밤이 깊어지자 비트 안으로 몸을 숨겼다.

묘한 단서

다음날 아침 일찍 장 검사는 김정한으로부터 전화를 받았다.

"검사님, 전홥니다."

장 검사는 국정원의 상황 분석 보고서에서 눈을 떼지 않은 채
전화를 받았다.

"장 검사?"

"네, 김 선생님."

"시간이 괜찮으면 연구실로 좀 와주겠소?"

"물론입니다."

"지금 어떻소?"

"바로 가겠습니다."

장 검사는 차를 타고 가면서 김정한의 호출에는 그럴 만한 이

유가 있을 거라는 생각을 했다. 과연 김정한은 의미심장한 얘기를 꺼냈다.

"평택의 특수부대에서 갑자기 도청이 심해지길래 무슨 일이라도 있나 해서 미국 대사관을 잠시 들어봤소."

엄밀히 따지면 불법이지만 이미 이 사회가 돌아가는 모습을 훤히 알고 있는 장 검사에게는 전혀 문제되지 않았다.

"중앙정보국의 지부장이 본부와 통화하는 게 잡혔는데, 자못 의미심장한 단어들이 등장한단 말이오."

"들려주실 수 있습니까?"

"그러려고 불렀소."

장 검사는 도청기나 수신기가 매우 정교하다는 생각을 했다. 검찰에서도 감청을 하고 있기 때문에 각종 장비에 대해서는 장 검사도 두루 꿰고 있는 편이지만 김정한의 장비는 인상적이었다.

장 검사는 몇 번이나 반복해서 도청된 내용을 들었다.

"음, 이건 뭔가 좀 이상하군요."

"나도 그렇게 생각했소."

"저쪽 편 대화도 들을 수 있었다면 확실히 뭔가 알 수 있을 텐데요."

"전화를 녹음한 게 아니라 아쉽소."

"한 단어라도 완벽한 게 있으면 뭔가 짐작할 수 있을 텐데……."

"알아, 윌슨. 안다니까. 하지만 절대 드러나지 않아."

"지금은 상황이 너무 분명해요. 누구라도 우리가 간여하고 있을 걸로 생각한단 말입니다. 저는 이렇게 명백한 상황에서는 절대로 협조할 수 없습니다."

"아니야, 윌슨. 아주 완벽해. 처음부터 무척 공을 들인 거야. 누구도 그가 정치적 동기로 그랬다고는 생각지 못해. 그에게는 너무나 뚜렷한 개인적 동기가 있어."

"도대체 어떻게 돼가고 있는지 알아보고 결정하겠습니다."

"그렇게 해. 그러나 아무 문제 없어. 자네도 들어보면 몸에 소름이 돋을 정도로 놀랄 걸세. 세상에 이처럼 완벽한 공작은 없어. 누가 봐도 개인적 동기로밖에는 생각이 안 돼."

"알겠습니다. 사람을 보내주십시오. 들어보고 나서 결정하겠습니다."

"그쪽 부서 요원들이 벌써 거기에 가 있네. 곧 전화할 거야."

대화는 여기까지였다.

"참, 애매하군요. 듣기에 따라서는 뭔가 수상하기도 하고 또 별것 아닌 것 같기도 하니 말입니다."

"음, 이놈들은 베테랑이오. 누군가 도청하고 있을 거라고는 꿈에도 생각지 못하면서 결정적인 단어는 전연 쓰지 않고 있소. 몸에 밴 보안의식이오. 대화는 계속 들어보겠지만 우리는 통신실만 도청하고 있기 때문에 추가로 뭘 잡아낼지는 의문이오."

"잘 알겠습니다. 이 정도라도 저들의 대화를 들었다는 사실에 대해 감동이 밀려올 정도입니다."

"어떤 일이 있어도 이 도청에 대해서는 보안을 지켜야 하오."

"물론입니다."

검찰청으로 돌아오면서 장 검사는 생각할수록 묘하다는 생각이 들었다. 그들의 대화는 뭔가 일이 있다고 가정하고 들으면 수상하기 짝이 없고, 아무 의심 없이 그냥 들으면 그런대로 수상할게 전혀 없었다.

사무실로 돌아온 장 검사는 컴퓨터를 켰다. 경호와 관련된 제반 사항을 확인하기 위해서였다. 김정일이 숙소를 러시아 대사관에서 신라호텔로 바꾸었다는 정보가 도착해 있었다. 장 검사는 청와대 경호실에 전화를 걸었다.

"서울지검 공안부의 장 검사요. 위원장은 왜 숙소를 바꾼 겁니까?"

"아, 그건 외교통상부 쪽에 전화를 하시는 게 나을 겁니다. 우리는 그 과정에 대해서는 모릅니다."

장 검사는 다시 외교통상부로 전화를 걸었다. 몇 번 사람을 바꾼 뒤에야 저쪽에서는 김정일 위원장 측에서 갑자기 러시아 대사관에 숙소 잡는 걸 취소했기 때문이라는 짧막한 대답을 해주었다.

"위원장 측에서 신라호텔을 찍었나요?"

"아니, 그건 아닙니다. 저쪽에서 오늘 아침에야 러시아 대사관에 머무르는 것은 모양이 나지 않겠다고 하는 바람에 우리가 급히 신라호텔로 잡았습니다."

"호텔 결정은 누가 했어요?"

"의전팀에서 했습니다."

서울에 있는 많은 특급 호텔 중에서도 김정일을 맞을 호텔을 고르라면 누구라도 신라호텔을 잡을 것이고 의전팀에서 결정했으니 표면적으로 드러나는 문제는 없어 보였다.

"알았습니다."

오후 무렵 장 검사는 김정한이 녹음한 내용이 아무래도 마음에 걸려 전화를 들었다.

"김 선생님, 내일 오후에는 김 위원장이 신라호텔로 들어가는데요, 거기선 별다른 소식 없습니까?"

"유감이지만 없소."

"좋은 일인지 나쁜 일인지 모르겠습니다."

"그러게 말이오. 차라리 아무것도 안 들었으면 마음이나 편할 걸."

"수고스럽겠지만 계속 좀 부탁드립니다."

"물론이오."

장 검사가 전화를 끊자마자 여직원이 곧바로 전화를 넘겨주었다.

"장 검삽니다."

"저어, 검사님."

"네, 얘기하세요."

"어제 텔레비전 뉴스를 봤는데, 제가 아는 사람이 거기 나온 거 같습니다."

"그야 뭐 그럴 수도 있는 거 아닙니까?"

"그런데 그분이 보통 사람이 아니라서요."

"누군데요?"

"북한에 있을 때 보았던 특수전 교관 같거든요."

"네? 북한에 있을 때라고요?"

"그렇습니다. 저는 탈북자입니다."

"성함과 전화번호를 알려주세요."

장 검사는 즉시 상대방의 이름과 전화번호를 받아 적었다. 그것은 상대가 마음을 바꿔 전화를 끊을 경우가 있기 때문에 중요한 일에는 반드시 취해야 하는 절차였다.

"그분은 특수전의 살아 있는 전설이라는 별명을 가진 사람입니다."

"어떤 뉴스에 나왔습니까?"

"을지로 지하철 뉴스에 나왔습니다."

"그 사람도 같은 탈북자입니까?"

"그건 모르겠는데, 어떤 사람이 지하철에서 선로에 빠진 어린아이를 구하고는 뒤도 안 돌아보고 없어져버렸다는 뉴스가 나왔어요. 그런데 그 사람이 바로 그 교관 같아요."

순간 장 검사의 머리털이 쭈뼛 서는 것 같았다.

"지금 검찰청으로 와주실 수 있어요? 아니, 제가 지금 그리로 가겠습니다."

"그게 좋겠습니다. 탈북자 친구를 하나 부를게요. 그 친구도 하전사 생활을 오래 했으니까 확인할 수 있을 겁니다."

장 검사는 전화를 끊자마자 최 계장을 불렀다.

"네, 검사님."

"지금 즉시 지하철역에 가서 어제 어린아이를 구하고 사라진 사람의 폐쇄회로 필름을 구해와요. 긴급이오."

"무슨 역입니까?"

"몰라요. 구하면 가리봉동 쪽으로 오면서 내게 전화해줘요."

"알겠습니다."

장 검사는 급히 차를 타고 가리봉동으로 향했다.

"전화하신 분이죠?"

"네. 국정원은 왠지 무섭고 경찰에 전화를 하려고 했더니, 집주인이 이런 일은 검찰에 전화하는 게 낫다고 해서요."

남루한 신고자의 행색을 보는 순간 장 검사는 고마운 생각이 들었다. 친구로 보이는 사람 역시 남한에 내려와 정착금 받은 거 이런저런 이유로 다 잃고 힘들게 살아가는 모습이었다.

두 사람은 장 검사에게 고개를 숙였지만 장 검사는 손을 내밀어 악수를 청했다.

"자, 자리에 앉아 차분히 얘기를 해주세요."

"어제 일 마치고 집에 돌아와 텔레비전을 보는 둥 마는 둥 하며 이 생각 저 생각 하고 있었습니다. 그런데 누군가 지하철에서 어린아이를 구한 뒤 도망치다시피 가버렸다는 아나운서의 음성이 들려 유심히 화면을 봤습니다. 지하철 천장에 매달려 있는 카메라가 어린아이가 선로로 달려가다 빠지는 것을 비추더군요. 열차는 사정없이 달려들어오는데 한 사람이 비호 같은 동작으로 달려오는 열차 앞으로 뛰어드는 게 보였어요. 너무 빠른 동작이라 깜짝 놀랐습니다. 그 후 한참이 지나도 아무런 결과가 안 나와 속으로 맘을 졸이며 화면에서 눈을 떼지 못했습니다. 그 두 사람이 어떻게 됐나 싶어 가슴이 마구 방망이질쳤습니다. 한참 지나고 나서 열차를 뒤로 빼자 팔 두 개가 나오더니 아이를 플랫폼에 얹어놓더군요. 그 사람이 해낸 거예요. 기관사가 손을 내밀어 올라오는 걸 도우려 했는데 이 사람은 휙 뛰어올라 플랫폼에 발을 척 디디더라구요. 그리고는 환호하는 사람들은 돌아보지도 않고 쌩하니 가버렸어요. 그런데 중요한 것은 어렴풋이 비춘 그 얼굴이 언젠가 한 번 본 적이 있는 것 같았어요. 한참 생각하다가 그분이 북한에 있을 때 특수부대 교관 하던 강철민 중좌를 닮은 것 같다는 생각이 들었어요. 잘못 봤겠지 생각하면서도 그 날랜 동작을 떠올리면 틀림없이 그분 같기도 하구요. 그분은 왜 아이를 구하고 그렇게 도망쳐버렸을까 생각하다 일단 신고하는 게 낫겠다는 생각이 들었어요. 혹시 제가 잘못 봤으면 어떻게 하지요? 바쁘신 검사님을 여기까지 오시게 했으니 말입니다."

장 검사는 따스한 미소로 답했다.

"이런 신고의 경우 거의 잘못되게 마련입니다. 하지만 우리는 그 성의 자체를 고마워합니다. 그러니 아무 염려 하지 마세요. 그런데 그 교관은 어떤 사람입니까?"

"특수전의 전설 같은 사람이에요. 우리 같은 사람은 열이 있어도 못 당해요."

"화면을 다시 보면 확인할 수 있겠어요?"

"네. 꼭 다시 보고 싶어요."

장 검사가 휴대폰으로 전화를 하려는 순간, 최 계장으로부터 전화가 걸려왔다. 장 검사가 위치를 알려주자 최 계장은 이내 필름을 가져왔다.

"비디오용으로 떠왔습니다. 오면서 전화로 알아보니 요 부근 파출소에 비디오가 있다고 합니다. 그리 가실까요?"

"아니, 거긴 보안에 문제가 있어. 이 호텔에 방을 하나 잡아요. 신분은 밝히지 말고 돈을 지불해요."

"알겠습니다."

최 계장이 구한 방에 들어가 비디오를 틀고 정지 화면을 보이자 두 탈북자의 입에서 동시에 탄성이 흘러나왔다.

"아! 맞습니다. 그분입니다. 강철민 중좌님이에요."

장 검사는 즉각 최 계장에게 지시했다.

"탈북자 중에 강철민이라는 사람이 있는지 알아봐요. 긴급이오."

최 계장은 바로 전화를 걸어 확인했다.

"없습니다."

"음."

장 검사의 입에서 절로 신음이 새어나왔다. 뭔가 일이 벌어지고 있는 게 분명했다.

정상 회담

　　장 검사가 즉각 상부에 보고하자 대검의 공안부장 주재로 각 부처별 담당자 회의가 시작되었다.

　　"지하철에서 카메라에 찍힌 사람은 강철민이 틀림없습니다. 그가 북한을 탈출한 것도 확인되었습니다. 하지만 언제 들어왔는지는 아직 확인이 안 됩니다. 여권을 위조해 다른 이름으로 들어왔을 수도 있고 밀항했을 가능성도 있습니다."

　　"그가 테러를 위해 들어왔다는 확증은 없지 않소?"

　　"그건 그렇습니다."

　　"음, 난감하군. 그 정도 정보로 위원장의 방문을 취소할 수는 없지 않소?"

　　"취소하다니요? 그는 아무 문제도 없는 사람일 가능성이 커요. 세상에 테러하러 들어온 사람이 지하철역에서 아이를 구한다는 게 말이나 됩니까?"

설득력 있는 말이었다.

"설혹 그가 테러리스트라 하더라도 이미 우리가 인지한 이상 문제는 없습니다. 철통같은 경호로 막을 수 있습니다."

"숙소는 어떻소? 일단 김 위원장이 러시아 대사관에서 신라호텔로 숙소를 바꾼 것이 경호에 유리할 것 같기는 한데."

"그건 아주 잘된 일입니다. 만약 이자가 저격수라면 오랫동안 러시아 대사관 부근을 탐색했을 겁니다. 그러나 오늘 갑자기 숙소가 바뀌었기 때문에 무척 당황하고 있을 겁니다. 우리는 신라호텔로 숙소가 바뀐다는 결정이 나자마자 뉴스가 나가기도 전에 신속히 경호원들을 파견했습니다. 숙소와 관련해서는 문제될 것이 없습니다."

"그러면 행사장은 어떻소?"

"방탄 차량을 이용해 움직이는데다 행사장은 청와대입니다. 기타 행사는 가급적 취소하도록 하면 경호상의 문제는 없을 걸로 보입니다."

"지금 이 순간부터 강철민이라는 자의 문제는 절대 보안을 유지하시오. 우리가 인지하고 경호에 최선을 다하는 이상 문제는 없소. 그러나 언론에 정보가 새어나가 호들갑이라도 떨면 모든 게 엉망이 될 거요."

공안부장이 의견을 정리했다.

"좋습니다. 여러분도 잘 알겠지만 위원장의 이번 서울 방문은 한반도 역사에서 아주 중요한 의미를 가집니다. 이것이 취소된다면 역사는 십 년, 아니 그 이상 후퇴할 수도 있습니다. 최대한 방문이 이루어지도록 해야 합니다."

경호 회의는 이렇게 결론이 났다.

다음날 김정일은 김대중 대통령과 마찬가지로 판문점을 통해 내려왔고, 수많은 시민들의 환영을 받았다.

"저것 좀 보라. 대학생 명의의 플래카드 아니니? 통일의 주역이 되어주시기 바랍네다. 이런 걸 보면 통일을 하긴 하야갔는데……."

김정일은 연신 손을 흔들며 간간이 차 밖으로 얼굴을 내밀었다. 경호팀 일각에서 아예 얼굴조차 보이지 않게 하자는 의견이 있었으나 방탄차에서 불시에 간간이 얼굴을 내미는 정도는 안전에 아무런 이상이 없다는 전문가들의 의견을 좇았다.

"이보라, 차 좀 세우라!"

"네?"

"차 세우란 말이다!"

김정일은 기분이 나면 차를 세우게 하고는 몸을 완전히 내밀어 서울 시민들에게 손을 흔들었다. 경호팀은 혼비백산했으나 황당한 김정일의 돌출 행동을 저지할 순 없었다. 통일로에서부터 시작된 김정일의 자동차 행렬이 이윽고 신라호텔에 들어섰을 때에야 경호팀은 비로소 안도의 한숨을 내쉬었다.

신라호텔은 숙소로 지정된 바로 그 순간부터 수백 명의 경호 요원이 겹겹이 포진하고 숙박객이나 직원은 물론 정계나 재계의 인사들까지도 일일이 얼굴과 신분증을 대조하고 나서야 들여보냈다. 게다가 정원에는 십 미터 거리마다 직원을 배치해 그야말로 개미 새끼 한 마리 돌아다닐 수 없게 만들어둔 가장 안심할 수 있는 장소였다.

서울 방문 첫날을 호텔에서 쉰 김정일은 다음날 노 대통령의 초청으로 청와대에 들어섰다. 기자들을 위해 포즈를 취하고 나자 두 사람은 바로 정상 회담으로 들어갔다.

"대통령 각하, 초청에 감사합네다. 어제 판문점을 통해 내려오다 보니 감동이 꽉 차오르는 게 눈물이 날 듯합데다. 역시 머니 머니 해도 핏줄이 제일이야요."

"하하, 즐거우셨던 모양이네요."

"오랜만에 가슴이 뻥 뚫렸습네다. 내 솔직히 말하면 부시 저 또라이 때문에 요즘 밤잠을 못 잘 지경입네다."

"미국과 대립하면 피곤한 건 사실이지요. 그렇다고 따라오라는 대로 갈 수도 없고."

"가들이래 일 년 내내 트집이야요. 벌써 몇 년이나 저놈들이 핵을 가지고 트집을 잡는 바람에 죽을 지경이야요. 하루 빨리 불가침 조약을 체결해야 할 텐데."

여기서 노 대통령 특유의 논리적 고집이 튀어나왔다.

"왜 굳이 미국에 불가침 조약을 구걸해야 한단 말입니까? 제가 생각하기에는 방법이 많습니다."

"무슨 소립네까?"

"주변의 모든 나라가 반대하는데 미국 혼자서만 북한을 칠 수는 없습니다. 위원장님은 러시아, 중국, 한국, 일본, 유럽 등을 향해 핵 포기를 하고 시장경제로 이행하십시오."

"시장경제라……, 그런데 남한은 과연 우리가 시장경제로 가는 데 도와줄 의도가 있는 겁네까?"

"물론입니다."

"그런데 정몽헌 회장은 왜 투신했습네까?"

"네?"

"우리는 특검이 시작될 때부터 남북 합작은 물 건너 갔다고 생각했습네다. 각하는 분명히 거부권을 행사했어야 했습네다."

"그러나 국회에서 의결한 사안이라 저로서는 정치적 부담을 많이 느꼈습니다."

"각하는 그게 틀렸습네다. 사람이 왜 그렇게 왔다 갔다 하느냐 말입네다. 각하가 김대중 정권의 후계자로 자처하고 나섰다면 김대중 정권의 최대 사업이자 치적인 북남 관계를 보호하고 나섰어야 하는 거 아닙네까? 게다가 각하는 북조선하고만 잘되면 다른 건 다 깽판쳐도 좋다고 하지 않았습네까?"

"……."

"북남 관계를 가장 심하게 망가뜨리는 건 바로 특검 아닙네까? 북남 접촉이나 송금을 현행법으로 세밀히 들여다보겠다는 의도 이상 북남 관계에 치명적인 것이 또 있습네까?"

"……."

"그리고 특검은 또 미국인들이 가장 바라던 일 아닙네까? 어쩌면 그들이 뒤에서 조종했을지도 모르는 일 아닙네까? 바로 그런 특검을 각하가 거부하지 않았으니 북남 관계에 기여한 정 회장 같은 인물이 죽는 거 아닙네까?"

"하하, 위원장께서 화가 많이 나셨군요. 뭐, 다 제가 잘못했습니다."

노 대통령은 특유의 솔직함으로 김정일을 달랬다.

"그래서 이제부터라도 잘하려고 합니다."

"지금이라도 저를 초청해주시니 고맙긴 합네다."

김정일 역시 대립하기 위해 온 자리가 아니란 점을 누구보다 잘 알고 있었다.

"그런데 위원장님, 그 핵 말입니다."

"네. 말씀하시라요."

"지금 북한이 핵 개발에 모든 노력을 쏟아 붓는 것은 좀 부적절하다는 느낌이 듭니다."

"무슨 말씀입네까?"

"핵은 개발하거나 보유할 시기가 있다는 생각입니다. 일단 풍부한 경제력을 가지고 비밀리에 개발해야 국제 관계에도 문제가 없고 실질적인 핵 보유를 할 수 있을 것으로 저는 생각합니다."

"그러니까 지금 우리가 잘살지도 못하니까 핵을 개발해서는 안 된다는 얘깁네까?"

"일단은 먹고 사는 게 더 중요한 문제다 이겁니다."

"압네다. 나도 압네다. 그런데 저놈들이 우리로 하여금 자꾸 핵 공갈을 치게 만드는 측면도 있다 이겁네다. 사실 세계 역사에서 핵 개발을 한다고 선포하고 개발하는 나라가 어디 있습네까? 모두 쥐도 새도 모르게 하고 있다 성공하면 어느 날 갑자기 핵 보유 선언을 하는 게 아닙네까?"

"그렇지요."

"사실은 나도 그러고 싶습네다. 그런데 사정이 그렇질 못합네다. 그 이유는 묻지 마시라요. 대답하기가 상당히 어렵습네다."

"알겠습니다. 천리길도 한 발짝부터라는 말이 있으니 오늘은 쉬운 것부터 해나가시죠."

"쉬운 일이란 게 뭡네까?"

"우선 북한 주민의 인권을 획기적으로 개선하겠다는 성명과 세계를 상대로 북한의 핵 상황을 투명하게 공개할 거란 성명을 저와 같이 내시죠."

"우리는 세계가 아니라 미국을 상대로 했으면 좋겠는데……."

"아까도 말씀드렸듯이, 세계가 반대하면 미국도 함부로 하지 못합니다."

"그럼 그렇게 할까요?"

"남북이 함께 가면 됩니다. 힘 닿는 대로 저도 돕겠습니다."

그날 오후 두 정상은 두 건의 공동 성명을 발표했다. 이에 대해 미국 정부는 남북 정상의 회담을 신뢰할 수 없으며 미국 정부는 앞으로 대북 문제에 있어 남한과의 협의에 명백한 한계를 두겠다는 성명을 발표했다.

이상한 모임

그날 저녁.

인사동의 어느 한식집에는 사십대 후반에서 오십대 초반으로 보이는 사람들이 속속 모여들었다. 신분 노출을 꺼리는지 걷거나 택시를 이용해 약속 장소에 도착한 그들의 얼굴에는 한결같이 짙은 근심의 그림자가 드리워 있었다.

"강 장군, 장군이 연장자니 뭐라고 한마디 해요."

말없이 식사만 하고 있던 이들은 술이 몇 순배 돌아가고 긴장이 풀리자 대화를 시작했다. 강 장군이라 불린 사람이 탁 소리가 나도록 술잔을 상에 놓으며 혼잣말처럼 중얼거렸다.

"망할 놈의 촛불 시위니 반미 데모니 할 때부터 이런 꼴이 될 줄 알았어!"

"아니, 그전에 노무현이란 자가 대통령에 당선될 때부터 알아봤어. 세상에 미국에 한 번도 가본 적이 없는 자가 이 나라 대통령이 된다는 게 말이나 돼?"

이런 식의 푸념이 한동안 계속되었다. 그때 누군가의 온화한 목소리가 거친 푸념들을 덮으며 흘러나왔다.

"당신들은 미국의 은근한 화법에 대해 생각해본 적이 없소?"

김태천 장군이었다.

"무슨 소리요?"

사람들은 뜻밖의 단어에 귀가 설었지만 그것이 김태천 장군의 입에서 나왔다는 사실을 알자 다음 말에 귀를 기울였다.

"미국이 전방에서 군대를 뺀다는 것은 무얼 말하는 거지요?"

"뭐긴 뭐겠소? 이 정권에 불만이 있다는 얘기가 아니오?"

"불만 정도가 아니지. 대통령부터 애새끼까지 밤이면 밤마다 촛불 들고 반미를 외쳐대는 이놈의 나라에 왜 미국이 있고 싶겠소? 일전에 어느 놈인가가 용산에서 걸어가는 미군 중령을 잡아다가 팼다는 보도를 보고는 당장 우리 아이들 풀어 그런 놈들 잡아 죽이고 싶었소. 이 나라가 미국이 없었다면 지금쯤 어떻게 됐겠소?"

"우리가 그렇게 느낄 정도면 미국은 오죽했겠소?"

"그러게 말이오. 에이, 자식들. 미국이 물건도 안 사주면 당장 배를 곯을 것들이 맨날 반미 시위나 하고, 에이 이것들이!"

"그 자식들은 경제는 아예 뒷전이오. 아, 삼성이 외국에서 돈

안 벌어오면 이 나라 경제가 절단나는데 이 자식들은 날만 새면 재벌 없애라 어째라 하고 자빠져 있으니 이놈의 나라에 콱 전쟁이나 나서 그런 자식들 쓰레기통 뒤지다 죽는 꼴 좀 보고 싶소. 정말 내 간절한 소원이오."

김태천은 다시 조용한 목소리로 좌중을 이끌었다.

"미국은 은연중에 무언가 말을 하고 있는 거요. 바로 우리에게 말이오."

"무슨 말을 한다는 거요?"

"생각해보면 알 수 있을 텐데요."

좌중이 갑자기 침묵에 빠져들었다. 어느 정도의 시간을 흘려보낸 후 김태천이 다시 느릿한 목소리를 밀어냈다.

"지금 정권을 잡고 이 사회를 개혁하니 뭐 하니 하는 자들의 기본적 성향은 한결같소. 여러분도 생각해보면 알 거요."

"빨갱이들이지!"

누군가가 툭 내뱉었다.

"빨갱이든 아니든 한 가지 분명한 것은, 그들이 미국을 멀리하고자 한다는 사실이오."

"그것 하나는 분명하지."

다시 누군가가 말을 받았다.

"이제 우리가 해야 할 일이 생긴 겁니다."

"뭐요?"

"미국이 멀리 가지 않게 끌어야 합니다."

"음."

"미국이 전방에서 군대를 빼는 식으로 우리에게 말을 걸어왔는데 우리가 가만있으면 안 되지요."

"그럼 어떻게 했으면 좋겠소?"

"빨갱이들과 그 정점에 있는 대통령에게 이대로 가면 안 된다는 경고를 주는 거요."

김태천의 입에서 대통령이라는 말이 나오자 좌중은 아연 긴장에 빨려들어갔다.

"어떻게?"

"계엄을 건의하든 아니면……."

"아니면?"

좌중의 모든 사람들이 김태천의 입에 눈길을 모았다.

"'쿠'를 일으키든 말이오."

"쿠? 명분은?"

"북한은 핵 개발이다 미사일이다 전쟁 준비에 광분하는데 대통령과 대통령의 주변 세력들은 반미 일변도요. 국가 안전에 현저한 위험을 초래했단 말이오. 이것만으로도 충분한 명분이오."

"음."

모두 신음을 흘렸다.

"슬픈 일이군. 언젠가 우리 한자리에 모여 맹세하던 게 생각나오?"

사람들은 고개를 끄덕였다.

"그때 이 나라에 더 이상 군에 의한 국정 중단이라는 사태가 일어나서는 안 된다고 맹세하지 않았소?"

"……."

"그런데 다시 이런 논의를 하게 되다니?"

"아직 결정적인 것은 아니지만 이대로 가면 미국은 우리에게서 아주 멀어지고 말아요. 그러면 한국의 미래는 없소."

"김 장군, 나는 당신이 하자는 대로 따르겠소. 쿠가 되었든 계엄 건의가 되었든 말이오."

"나도 같이 갈 거요!"

"나도 따르겠소!"

김태천은 회심의 미소를 머금었다.

대통령을 지배하는 자들

CIA 동북아 본부장은 워싱턴의 국장으로부터 긴급 호출을 받았다. 국장은 대통령의 재가를 받기 위해 아예 워싱턴에 머무르고 있는 중이었다.

"국장님, 대통령의 재가가 났습니까?"

국장은 천천히 고개를 가로저었다. 그러자 본부장은 다시 한 번 작전의 안전성을 강조했다.

"작전은 완벽합니다. 아무도 미국을 지목하지 않게 되어 있습니다."

그러나 국장의 표정은 야릇했다. 그것은 마치 수학 문제의 해답을 답안지에서 보고서도 여전히 이해하지 못해 고개를 갸우뚱하는 학생의 표정 같았다.

"국장님, 왜 그런 표정을 짓고 계시죠?"

"본부장, 나는 도무지 그들을 이해할 수 없네."

"그들이라면 누굴 말하는 거죠?"

"대통령을 지배하는 검은 친구들 말일세."

본부장은 그 말을 듣자 얼마 전의 이정서 사건을 떠올렸다. 당시 부시는 류삼조 박사가 가지고 온 이정서의 아이디어를 미친 듯이 좋아했지만 친구들의 저지로 포기하고 말았다. 그때 부시의 분노는 거대한 해일처럼 일었지만 정작 그를 만류한 친구들 앞에서는 꼼짝도 못하는 모습을 본부장은 본 적이 있었다.

"그런데요?"

"부시는 그들과 한반도에서의 공작을 협의하려고 하네. 그건 부시 혼자서는 김정일의 처리를 결정할 수 없다는 얘기지."

"긴급을 요하는 일입니다. 빨리 결론이 나와야 합니다."

"그들 중 한 사람이 아직 도착하지 않았어. 아마 밤에 올 것 같아."

본부장은 잠시 할 말을 잃었다. 대통령보다 위에서 의사를 결정하는 민간인들이 있다는 사실을 이해할 수 없었다. 하지만 지난번 이정서 사건으로 미루어보아 국장의 말을 믿지 않을 수도 없었다.

"어떻게 된 판인지 이해할 수 없군요."

"이해가 안 되는 건 나도 마찬가지야. CIA 국장이라는 지위도 그들과 상대하기에는 턱없이 약해. 부시도 그들 앞에서는 쩔쩔

매니까 말일세."

"음."

"작전은 진행되고 있습니다."

"작전이라……."

국장은 다시 한번 이상야릇한 표정을 지었고 본부장은 여전히 그 표정의 의미를 이해할 수 없었다.

"본부장."

"네."

"나로서는 도무지 이해할 수 없네."

"무엇을 말입니까?"

"김정일이 아니야."

"네?"

"그들은 모든 게 달라. 생각하는 게 우리와는 완전히 다르단 말일세."

"김정일이 아니라면?"

"노무현이야."

"무슨 말씀을 하시는 겁니까? 설마 이번 공작의 표적이 김정일이 아니라 노무현이라고 말씀하시는 건 아니겠지요?"

"바로 그래. 그래서 나는 이해를 못하고 있단 말이야."

"그럼 오늘 밤 그들은 노무현을 제거할지 말지를 결정한다는 뜻입니까?"

"그래. 도대체 이해가 가는 일인가?"

본부장 역시 조금 전 국장이 지었던 것과 비슷한 표정을 지을 수밖에 없었다.

"아니, 어떻게 그런……?"

국장은 말을 꺼낼 듯 말 듯 하다 본부장의 너무나 난해한 표정을 보고는 조심스럽게 한마디 툭 내뱉었다.

"자네, 제3의 시나리오란 말을 들어본 적 있지?"

"내용은 모르지만 지난번 이정서의 메모에서 바로 그 제3의 시나리오란 단어를 처음 보았습니다. 국장님은 바로 그 메모 때문에 이정서를 제거하라는 지시를 하셨고요. 그런데 그게 뭡니까? 도대체."

국장은 무의식적으로 목소리를 낮췄다.

"한반도에서 진행되는 그들의 시나리오야. 부시는 그 시나리오에 따라 전방의 군대를 한강 이남으로 끌어내리려고 해."

"네?"

본부장은 다시 한번 놀라지 않을 수 없었다.

"극비 중의 극비라 나도 아직 모든 걸 알지는 못해. 하지만 그 시나리오에 따르면, 표적은 김정일이 아니라 노무현이야. 부시도 그들 입에서 김정일 대신 노무현의 이름이 나오자 너무 놀란 모양이야."

"그럼 김정일 암살은?"

"제3의 시나리오에 김정일의 암살이란 단어는 아예 없네."

"김정일이 아니라 노무현이라구요?"

"그래. 하면 노무현이라는군. 하지만 이번 공작은 취소될 가능성이 많아. 부통령은 그 시나리오가 한반도의 모든 문제를 일거에 해결하는 포괄적인 거라 따로 노무현을 제거할 필요가 없을지 모른다더군."

"그러면 작전은 어떻게 합니까?"

"표적을 바꾸게."

"김정일에서 노무현으로 말입니까?"

"그래."

"알겠습니다. 하지만 시간이 없습니다."

"그들의 회의가 끝나는 대로 답변을 주겠네."

"일단 초점을 '노'에 맞추고 기다리겠습니다."

저우 회장은 표적이 바뀌어버린 작전 설명을 듣자 뭐가 뭔지 도대체 알 수 없었다. 그는 급히 허 상장을 만났다.

"허 상장, 저들이 표적을 바꾸라고 하는군요."

그야말로 아닌 밤중에 홍두깨 같은 소리였다.

"무슨 소리요?"

"저들의 주문이니 어떡합니까?"

"아무 설명도 없었소?"

"없었어요."

"문제가 아닌가?"

허세철은 깊은 상념에 잠겼다. 그러나 저우 회장은 어느 정도 충격에서 헤어난 모양이었다.

"무슨 문제가 있겠어요? 표적을 바꾸면 그만 아닙니까? 어차피 두 사람은 신라호텔에서 오찬을 같이하도록 되어 있지 않습니까? 노가 자동차에서 내리면 김이 기다리다 현관 앞에서 영접을 하거나 식사를 마치고 나면 현관까지 나와 환송 인사를 하지 않습니까? 강 선생은 그 순간을 노리게 되어 있고요. 밖에서 휴대폰으로 도착 상황을 연락해주기만 하면 되는 거 아닙니까?"

"음."

하지만 허세철은 뭔가 깊은 생각이 있는지 대답하지 않았다.

"김정일이야 어차피 갈 사람이니 허 상장이 좀더 기다리면 되지 않습니까? 저는 사업을 위해, 허 상장은 권력을 위해 미국인들과 손을 잡았으니 우리만 서두른다고 해서 될 일도 아니고……, 저들이 뒤를 받쳐줘야지요."

허세철은 오랫동안 준비해온 일이 왜 거사 직전에 이렇게 바뀌어야 하는지 납득이 가지 않았다.

"너무 어렵게 생각하지 마십시오. 표적만 바꾸면 간단하지 않습니까?"

저우 회장은 같은 말을 반복했다.

"문제는 강철민 중좌요. 그는 확신을 가지고 이 일에 나섰는데 목표를 정반대로 바꾸라 하면 납득이 가겠소?"

"그의 납득이 무슨 의미가 있습니까? 우리가 그의 딸을 데리고 있는데요. 그가 어떻게 반발하겠습니까?"

허세철은 고개를 끄덕이면서도 어딘지 모르게 가슴 한군데가
텅 빈 것 같았다.

"어서 전화하시지요. 그사이에 무슨 일이 있을지 모르니까요."

허세철은 저우 회장의 재촉에 전화기를 꺼내들었다. 버튼을
누르는 그의 손길은 힘이 없어 보였다.

"나요."

"네, 상장님."

"표적을 바꿔요."

"무슨 말씀입네까?"

"김정일이가 아니라 노무현이오."

"네?"

"표적이 바뀌었소."

"네? 왜 노무현입네까?"

"……."

허세철은 할 말을 잃어버렸다. 그러자 옆에 있던 저우 회장이
허세철의 손에서 전화기를 가로챘다.

"강 영웅, 잘 들으시오. 나는 당신에게 반해 당신의 딸을 세계
최고의 학교만 다니게 하고 끝까지 보살펴주기로 결심했소. 그
아이에게 이 세상 여자로서 가장 큰 행복을 갖도록 하겠다는 말
이오."

"……."

"그러니 내 말 잘 들으시오. 목표가 김정일에서 노무현으로

바뀌었소. 김정일을 죽여야 할 만큼이나 노무현을 죽여야 할 이유가 있소. 하지만 여기서 우리가 토론할 수는 없는 일 아니오. 이제 그 순간까지는 단지 몇 시간이 남았을 뿐이오. 영웅은 어차피 일을 마치고 생을 마쳐야 하오. 노무현을 쏘시오!"

"……."

"다시 한번 말하지만 명심하시오. 영웅은 오로지 딸을 위해 거사하는 거요. 영웅이 우리의 지시대로 하는 한 딸의 미래는 내가 보장하겠소. 자, 그럼."

저우 회장은 전화를 끊어버렸다.

칠흑같이 어두운 비트 안에서 강철민 중좌는 끝없는 생각에 빠져들었다. 김정일은 죽어야 할 이유가 충분한 잘못된 지도자임에 틀림없었다. 때문에 자신은 대의를 위해 딸을 남기고 목숨을 바치기로 결심했고 조금 전까지는 그나마 마음이 편했다.

하지만 강철민은 노무현을 죽여야 할 이유를 결코 찾을 수 없었다. 그들이 무엇 때문에 갑자기 표적을 바꾸는지 모르겠지만 자신은 이유 없는 살인을 할 수 없다. 그러나 그깟 대의가 뭐란 말인가. 자신은 한번 비트에 들어온 이상 살아남을 수 없는 몸. 딸을 위해, 그리고 죽어간 아내와의 약속을 위해 두 눈 질끈 감고 '노'를 쏘아야 할 것이었다. 강철민 중좌는 거사를 불과 몇 시간 남겨놓은 시점에서 생각에 생각을 거듭하다 전화기를 꺼버렸다.

삐삐삐삐.

준과 미래는 참으로 오랜만에 울어대는 수신기 소리를 듣는 순간 기쁨과 더불어 팽팽한 긴장을 느꼈다. 그러나 수신기는 잠시 울다 곧 꺼져버렸다.

미래가 수신기 내부의 칩을 교체했다. 한시라도 빨리 뭔가를 듣고 싶었다.

"윌슨. 모든 걸 취소해."

예의 그 동북아 본부장이었다.

"문제가 발생했습니다."

"뭐야?"

"그자가 연락이 안 된답니다. 전화기를 꺼버렸습니다."

"그자는 지금 어디 있나?"

"목적지에 잠입해 있습니다."

"그럼 지금 즉각 권고해. 장소를 바꾸든 취소하든 하라고 말이야."

"알겠습니다."

746262579724577463014124122174273366796529927245379412793162947851145645829456
03564714275462525645915487973014583547912754852564591548742501b4
9152754852564545454872501245013564591548742501246015815479152754852564591548742501b
794157754515547556487921501245645915547501245645549
445754551545907501245615491515547501245
4791527546252546159154579301245635710964791527546252546159135497701245154591527546252564591540
24583791150015615379154879501245615615491548919150124583547915275546
65914750124501456359154879501245615331741275916525946
487921501245615474157254452554859158907201458154
448525645915487972501245615474152775485256445915487920124

강철민

　　장 검사는 밤늦게 김정한의 전화를 받고 후암동의 연구소에 도착했다.

　　"새롭게 녹음된 내용이오."

　　장 검사는 짧은 통화 내용을 듣고 나자 인상을 찌푸렸다. 역시 알쏭달쏭한 내용이었다.

　　"뭐가 뭔지 알 수 없군요."

　　"그러게 말이오. 이 정도를 가지고 미국이 테러를 준비한다고 호들갑을 떨 수도 없으니."

　　김정한 역시 고개를 가로저었다. 장 검사는 또다시 의혹만 안은 채 집으로 돌아갔다. 그러나 다음날 아침 장 검사는 망치로 뒤통수를 얻어맞은 듯한 충격에서 헤어날 수 없었다. 간밤 늦게 김정일이 신라호텔에서의 오찬 행사를 취소하고 오전에 평양으로 출발하기로 일정을 잡았다는 것이었다.

"아!"

장 검사는 그제야 지부장의 통화 내용이 테러와 관련되었다는 걸 확신할 수 있었다. 그렇다면 테러는 취소된 것이었다. 그러나 장 검사는 깊은 생각에 빠져들지 않을 수 없었다.

'아! 이게 도대체 뭐란 말인가? 이정서의 일도 성사 직전에 취소됐다고 하지 않았는가. 그리고 지금 이런 엄청난 일도 결행 직전에 취소되지 않았나. 이런 큰 일들이 어째서 성사 직전에 마구 뒤집어진단 말인가?'

정말 알 수 없는 일이었다. 백 년에 한 번도 틀어질 수 없는 일들이 틀어지고 있었다. 이정서의 계획이 구체적으로 무엇인지는 모르지만 미국 대통령이 무언가를 성사 직전에 취소한다는 것은 그야말로 있을 수 없는 일이었다. 게다가 김정일의 암살이라는 엄청난 공작이 불과 하루 전에 취소되는 일 역시 이해할 수 없었다.

장 검사는 제3의 시나리오가 이런 일들과 모종의 관련이 있을 것이라는 강렬한 예감에 빠져들었다.

강철민 중좌는 김정일이 서울을 떠난 지 닷새가 지나서야 비트에서 나왔다. 칠흑 같은 어둠 속에서도 아무도 보는 사람이 없는 것을 확인한 그는 역시 아주 신중한 자세로 기어나왔다. 그는 한참을 엎드려 있으면서 몸에 묻은 흙을 털었다. 그런 다음 천천히 자리에서 일어나 길을 따라 내려가다 마침 호텔 현관에서 내려오는 택시를 잡았다.

"어디 가십네까?"

젊은 사람이 이북식 억양이라니. 기사의 물음에 중좌는 화들짝 놀랐다. 본능적으로 주머니의 칼에 손을 가져간 그를 향해 택시 기사는 빙그레 웃었다.

"중좌님, 접니다."

"어!"

김정한을 늘 수행하고 다니던 젊은이였다.

"아니! 네가 어떻게……?"

"놀라지 마십시오."

"어떻게 여기에……?"

"우리는 다 알고 있었습니다."

"우리라니?"

"말씀드리기는 좀 복잡하지만, 몇 사람 있는데 검사님도 계십니다."

"무엇? 검사?"

"네. 하지만 그분도 중좌님 편입니다."

"쓸데없는 소리 말라. 남조선 천지에 내 편이라니……."

"틀림없습니다. 그분이 중좌님 편이 아니라면 당장 체포해 평생의 큰 공을 세우지 않갔습네까?"

맞는 말이었다. 그제야 중좌는 마음의 안정을 찾고 칼을 쥐고 있던 손의 긴장을 풀었다.

"내가 거기 잠복하고 있는 걸 알았니?"

"네."

"그런데 어떻게 나를 잡으러 온 사람들이 아무도 없니?"

"그건 우리들만 알고 있었기 때문입네다."

"어케 알았니?"

"죄송하지만 그건 말씀드릴 수 없습네다."

중좌는 고개를 끄덕였다. 이해한다는 뜻이었다.

"검사님이 기다리고 계십니다."

"나를? 어디서?"

"요 앞에 서 계시는데 만나시겠습니까?"

"음, 그래."

강철민은 만나지 않을 도리가 없다고 생각했다. 이미 상대방은 자신의 목숨을 손안에 넣고 있는 자였다. 기다리던 차가 도착하자 초조하게 기다리고 있던 장 검사는 강철민의 옆자리로 얼른 올라탔다. 택시는 다시 천천히 출발했다.

"장 검사요."

"강 중좌외다."

"도움이 될까 해서 탔소."

"……."

"혹시 가족이 있소?"

"어린 딸아이가 있소."

"어디 있소?"

"홍콩에 있소."

"부인은?"

"죽었소."

"간단히 지금 상황에 대해 설명을 해주시오."

강철민은 지금에 이르기까지의 과정을 간략하게 설명했다. 그러나 예상했던 바와 달리 장 검사의 질문은 전혀 다른 방향의 것이었다.

"홍콩으로 빠져나가면 딸을 구할 수 있소?"

"물론이오."

"다행이오. 출국은 안전하오. 경호 회의에서는 당신의 존재 자체가 묻혀버렸소. 아무 일 없이 끝났으니 이젠 완전히 없던 일이오. 여권을 줘보시오."

장 검사는 중좌의 여권을 살폈다. 변조한 사진이 붙어 있는 여권이었다. 장 검사는 고개를 끄덕였다.

"사우나에서 샤워를 하고 미스터 최가 가져온 옷으로 갈아입은 후 아침 비행기로 홍콩으로 가시오. 필요한 게 있소?"

"이해할 수 없소."

"무얼 말이오?"

"왜 나를 돕는 거요? 나를 잡으면 평생의 큰 공일 텐데. 내가 잡히면 장 검사 만난 사실을 털어놓을 수도 있지 않소."

"그런 건 이미 초월했소. 나는 내 양심의 명령에 따라 움직일 뿐이오."

"그렇다 하더라도 내가 왜 장 검사 양심의 보호를 받는지 모르겠소."

"사실 지하철에서 있었던 일을 알고 있소. 그런 엄청난 일을 앞둔 시점에서 자신이 노출되는 것도 무릅쓰고 아기를 구한 것에 당신의 상황을 어느 정도 짐작할 수 있었소. 감동받았다는 말로 표현하기엔 많이 부족하지만, 어떤 정치적 상황보다 그게 바로 진실을 얘기하는 거 아니겠소? 딸을 구하면 홍콩의 한국 영사관으로 가 한국행을 신청하시오. 최선을 다해 돕겠소."

"하여튼 고맙소."

"반드시 딸을 구해 함께 한국으로 오시오. 기다리겠소."

장 검사는 차를 세우게 했다. 그리고는 어둠 속에서 멀어져가는 강철민을 한참 바라보았다.

16252772457171690132322272462733885962549292145379412914462967851472566587294656
467291527546526465954954827925012458354791529254852566591548729250124
62754852566485754829250124583547912529254852566591548729250124583547912529254852566485954729250
457754852566591548729250124583547912529254852566591548729250124583547912529254852566485954729250
526466591548729250124583547912529254852566591548729250
145772548526465954827925012458354791529254852566591548729250124
583547912527546526465954954827925012458354791529254852566485954827925012458354791529254
81548729250124583547912527546526465954982525812458354791529254852566
79250124583547911527754852568548591548729250124583547
52646859154872925012458354791529254852566591548729250124

하와이의 밤

"아! 드디어 연락이 왔어."

김정한의 연락을 받은 준이 흥분한 목소리로 말했다. 미래 역시 긴장은 되었지만 미국 대사관을 상대로 연습까지 한 터라 처음보다는 많이 안정되어 있었다. 김정한은 준과 미래에게 한국을 떠나서부터는 두 사람이 이 작전의 기획에서부터 마무리까지 직접 해내야 한다는 사실을 상기시켰다.

"하와이를 거쳐 가는 게 낫지 않을까?"

미래가 고개를 끄덕였다. 만약의 경우 행선지는 아주 중요했다. 서울에서 바로 캠프 데이비드로 날아간다면 의심받을 수도 있을 것이었다.

"정말 조심해야 해. 우리 두 풋내기가 맡아 그렇지 사실 이 일은 우리나라 역사상 어떤 전문적인 스파이도 해낸 적이 없는 엄청난 일이야. 이제껏 그 누가 미국 대통령을 도청하겠다는 생각조차 해봤겠느냔 말이야. 자칫 잘못하면 형무소행이고 어쩌면 목숨까지 위태로운 일이야. 무슨 말인지 알겠어?"

"너 진짜 첩보원 같다."

"아마 로버트 김의 경우를 많이 생각해서 그럴지도 몰라. 첩보원에게 실패의 대가는 가혹하기 짝이 없어. 하지만 나는 이번 일에 희열을 느껴. 미국과 정면으로 승부한다는 사실에 야릇한 흥분까지 느끼고 있단 말이야."

미국에 가기 위한 모든 준비가 끝나자 김정한은 인천공항까지 배웅 나오려고 했다. 그러나 준이 김정한을 만류했다.

"인천공항 출영장에서 폐쇄회로 카메라에 찍힐 가능성이 있어요."

김정한은 준의 말에 놀랐다. 준은 젊은 사람이지만 생각이 아주 깊은 데가 있어 김정한을 한결 안심시켰다.

"붙들려 신문을 받게 되면 편하게 내 얘기를 해. 나는 중국이나 일본으로 들어가버리면 그만이니까."

김정한은 담담하게 말했다.

"선생님, 조심에 조심을 거듭해 반드시 성과를 갖고 돌아오겠습니다."

"그래, 미국에 가면 이분에게 전화를 걸어. 그가 언제 서미온으로 잠입해야 하는지 알려줄 거야."

"네."

"미국의 기술을 얕보아서는 안 되지만 나의 기술도 만만찮은 거야. 간단하면서도 확실하거든. 그러니 자신감을 갖고 해."

"사실 저는 이번 일이 성공하든 실패하든 우리가 이런 일을 시도했다는 자체만으로도 그 의미는 충분하다고 생각해요. 문제는 정신이잖아요."

미래와 준은 세계적 휴양지인 하와이에 도착했다. 호텔은 바로 바다가 내다보이는 곳에 있었다. 두 사람은 호텔에 가방을 내려놓자마자 바닷가로 나왔다. 보드라운 모래밭이 넓게 펼쳐져 있고 바다가 깊지 않아 가족들이 수영을 하며 즐기고 있었다. 평화로운 풍경이었다. 두 사람은 버스를 타고 다른 해변으로 가보았다. 그곳에는 바위와 코발트빛 바다가 어우러진 아름다운 풍경이 펼쳐 있었다. 두 사람은 호텔방에 함께 있는 것이 불편했던 만큼 온종일 해변 이곳저곳을 돌아다녔다.

"훗, 하와이에 왔으니 적어도 서핑보드는 한번 타야 하지 않겠어?"

미래는 막상 미국에 오자 타고난 쾌활한 성격을 되찾았다.

"난 못 타는데."

"처음부터 하는 사람 있어? 남들 하는 거 보고 타면 되지."

"그래. 그런데 너 수영 괜찮겠어?"

"물론이지. 내 특기잖아."

두 사람은 보드를 빌렸다.

"야, 이거 보기보단 굉장히 무거운데."

가냘픈 몸매의 미래는 혼자 보드를 들지 못해 쩔쩔맸다. 의욕은 미래가 앞섰지만 준은 미래의 보드를 날라주고 자세까지 잡아주어야 했다. 두 사람은 보드에 엎드려 파도를 거슬러 앞으로 나갔다. 하지만 바다로 과감히 나가지는 못하고 해변에서 맴돌았다.

"저 친구들은 확실히 모험심이 강해."

준이 먼 바다까지 나가 보드를 타는 미국인들을 보며 약간 주눅 든 목소리로 말했다.

"나도 그런 점을 느꼈어. 시애틀에 연수 갔을 때 미국인들은 용감하고 적극적이란 생각을 한 적이 있어."

"그럴 만한 계기라도 있었어?"

"응, 아기가 부두에서 물에 빠졌는데 번개처럼 뛰어드는 미국인들이 다섯 사람은 되었어. 아주 깊은 물인데도 말이야. 그게 왠지 부럽게 여겨졌어."

"그래?"

준은 한국인도 물에 빠진 어린애를 건져야 한다는 생각은 미국인과 다름없을 거라고 생각했다. 그런데 미래의 말처럼 순간적으로 여러 사람이 뛰어들지에 대해서는 자신이 없었다.

"그건 문화의 차이일까?"

"글쎄. 도덕의 차이가 아닌 것만은 확실한 거 같은데."

"솔직히 우리가 사회에 대한 적극성이 부족한 것은 인정하지 않을 수 없어. 무슨 시위나 운동이 아니라 일상에서의 적극성 말이야."

두 사람은 따가운 햇살을 받으며 일렁이는 투명한 파도를 타고 있다가 미국 사회에 대한 평가와 인상을 얘기하면서 마음이 무거워졌다. 그건 아마도 두 사람 모두 마음속 깊은 곳에 숨기고 있는 임무에 대한 부담감 때문일 것이었다.

"편한 마음으로 이런 데 와서 시간을 보내면 얼마나 좋을까?"

밤이 되자 하와이의 해변은 음악과 노래, 그리고 술이 어우러진 낭만의 절정이었다.

"저 댄서는 늘 저렇게 미소지은 채 춤만 추며 살까?"

"이곳이 관광지니까 그렇지, 저 사람들도 일상생활 속으로 들어가면 얼굴 찌푸리고 고함도 치고 하겠지."

"우리도 뭐 좀 마시자."

두 사람은 호텔의 노천 카페에서 산 맥주를 들고 파도가 발 밑까지 밀려오는 해변으로 나가 앉았다. 하와이의 밤을 그냥 보낼 수 없는지 늦은 시간인데도 많은 사람들이 호텔에서 호텔로 이어지는 해변가를 따라 거닐며 담소하고 있었다.

"만약 일이 잘못되면 어떻게 할 건지 생각해본 적 있어?"

미래는 이런 말을 해서는 안 된다고 생각하면서도 어쩔 수 없이 전부터 가슴에 품고 있던 말을 밀어냈다.

"아니."

뜻밖에도 준은 시원스럽게 대답했다.

"그래? 넌 낙관적 인생관을 가진 사나이구나."

미래는 준이 일부러 무심하게 말한다 싶어 약간 비아냥거리는 투로 말했다. 준이라고 해서 실패할 경우를 생각해보지 않은 건 아닐 터였다.

"마음에 부담을 너무 가져서 그렇지 일 자체는 아주 쉽잖아. 그냥 아무것도 아니라 생각하고 해버리는 거야. 위험에 노출될 일은 아무것도 없잖아."

"하긴."

그렇게 생각하니 준의 말이 맞는 것도 같았다. 워낙 큰 일이라 심리적 중압감을 느껴 그렇지 일 자체는 위험하지 않은 것도 사실이었다.

"하지만 자꾸 무서운 상상을 하게 돼."

"어떤 상상 말이야?"

"가령 잡혀서 사람들에게 신문을 받는다든지, 형무소에 간다든지 하는 상상 말이야. 미국의 형무소는 그렇게 무섭다면서?"

미래는 어디서 들었는지 미국의 형무소에 대해 공포를 품고 있었다. 준 역시 미국의 형무소에 대해서는 들은 바 있어 기분이 움츠러들었지만 미래를 안심시켜야 할 것 같았다.

"그래, 미국의 형무소에서는 죄수들끼리 서로 죽여 간을 꺼내 먹는다더라."

"뭐! 얘가!"

미래가 옆에 앉은 준의 몸을 밀쳐버리자 준은 모래 바닥에 쓰러져 깔깔거렸다. 나이는 이십대였지만 하와이의 바닷가에서 두 사람은 어린애가 되었다. 준이 모래를 털며 미래에게 다가와 털썩 주저앉았다.

"미래야, 우리 나쁜 상상은 하지 말자. 그냥 이제껏 자신만 알고 살아온 우리의 삶에 좀더 풍성한 의미를 보탠다고 생각하자."

준이 미래의 귀에 대고 속삭이듯 말했다.

"그래, 그래야지."

"혹시 붙들리면 한 번 웃어주자. 당신들이 해서 우리도 한 번 해봤다고 말이야."

미래는 준의 여유를 대하자 처음과는 달리 알 수 없는 힘이 가슴속 깊은 곳으로부터 치밀고 올라오는 듯했다. 준과 같이 있는 한 어떤 일을 당해도 문제없다고 몇 번이나 속으로 다짐했다. 밤이 깊도록 미래는 준의 어깨에 머리를 편안히 기댄 채 한동안 앉아 있었다.

캠프 데이비드

공항에서의 탑승객 검색은 무척 엄중했다.

"한심하군."

준이 젊은 여자들의 신발까지 벗기고 검색하는 모습을 보며 혀를 끌끌 찼다. 미래 역시 신발을 벗기고 벨트까지 풀어야 하는 검색을 당했던 터라 화가 나 있었다.

"사람의 인격을 보는 기준은 서로 다르겠지만 선비에게는 아예 비행기 탈 생각은 말라고 하는 것 같네."

"저들이 선비나 군자가 뭔지 알겠어?"

"미국이 테러의 원인을 근본적으로 없애려 하지 않고 대증요법만 거듭하는 한 테러는 영원히 없어지지 않을 거야."

간밤에 뉴스를 통해 미군이 이라크 포로를 학대하는 장면을 본 미래는 차츰 미국을 비난하고 들었다.

"부시는 자신을 반테러에 바쳤다고 하지만 오히려 부시가 없
으면 테러가 없어질 것 같아."

"맞는 말이야. 단 한 건의 테러도 벌인 적이 없는 북한이지만
부시에 의해 테러 국가로 지명되는 바람에 고생하고 있잖아."

준과 미래를 태우고 하와이를 떠난 비행기는 어두워질 무렵
이 되어서야 뉴욕 공항에 도착했다. 미래는 끝없이 이어지는 뉴
욕의 불빛을 보고 놀라움을 감추지 못했다.

"뉴욕이 과연 크기는 크구나."

비행기가 공항에 내리자 두 사람은 택시를 타고 맨해튼으로
향했다. 예약해둔 호텔에 도착한 두 사람은 간단히 샤워를 마치
고 시내로 나왔다.

"이 도시가 세계에서 가장 재미있다면서."

"그렇다고는 하는데 아무려면 우리에게야 서울이 더 재미있
겠지."

기대를 가지고 시내를 걷던 두 사람은 어딘지 이상한 기분이
들었다.

"준아, 이상한 기분이 들지 않아?"

"글쎄, 나도 아까부터 왜 그런가 생각 중이었어."

한참을 더 걷던 두 사람은 그제야 주변을 걷고 있는 사람이 모
두 흑인뿐이라는 사실을 떠올렸다. 게다가 흑인들은 무심코 걷
는 것이 아니라 힐끔힐끔 두 사람을 살피는 모습이 기회가 되면

덮치려는 것 같은 공포감을 주었다.

"이상하다. 왜 백인이나 다른 나라 사람들은 안 보이는 거지."

"일단 호텔로 돌아가자. 여기는 아무래도 밤에 걸을 수 있는 곳이 아닌가봐."

두 사람은 호텔로 돌아가 바에서 맥주를 마시며 뉴욕에서의 첫 밤을 보낼 수밖에 없었다.

"재미있는 도시임에는 틀림없네."

준이 비아냥거렸다.

다음날 두 사람은 일찍 일어나 뉴욕의 명물로 꼽히는 센트럴 파크로 산책을 나갔다. 전날 밤과는 달리 많은 사람들이 나와 조깅을 하고 있었는데 신기하게도 이번에는 흑인을 찾아보기가 어려웠다.

"정말 재미있는 도시야."

준이 어젯밤에 이어 한마디 더 했다.

"저기 흑인이 있다."

미래가 벤치를 차지하고 있는 한 흑인을 가리켰다.

"저런!"

잠시 둘러보던 준이 눈살을 찌푸렸다. 벤치마다 흑인이 누워 있었는데, 그 옆에는 온갖 오물로 범벅이 되어 있었다.

"뉴욕은 거지들을 단속하지 않나봐."

"그런가 보지."

호텔로 돌아와 아침을 먹은 두 사람은 시내를 걸었다. 칠십 층이 넘는 건물들이 하늘을 찌를 듯이 늘어선 뉴욕의 시내 풍경은 장관이었다. 그러나 두 사람은 인상을 찌푸렸다. 시내 한복판인데도 유리창이 다 깨지고 지린내가 진동하는 폐건물들이 버젓이 선 채로 있다는 사실 때문이었다.

"음, 이상하네. 왜 이런 건물들을 그냥 둘까? 서울 같으면 즉각 재개발감인데."

미래가 무심코 하는 얘기를 듣던 준이 갑자기 소리를 질렀다.

"아, 차라리 여기가 낫다."

"무슨 소리야?"

"그냥 버려두는 것이 낫다는 얘기야. 물론 서울 같으면 당장 재개발해서 비싼 임대료를 받겠지만 말이야, 도시는 이런 면도 있는 게 좋다는 생각이 들어."

"……."

"서울처럼, 아니 우리나라처럼 부동산이나 토지가 무조건 돈과 연결되는 건 넌덜머리가 나. 사람들은 끝없이 투기 광풍에 빠져 있고…… 죽어나는 건 돈 없는 사람들뿐이잖아. 차라리 괴물 같은 모습이지만 여기가 낫다."

준은 부동산 투기에 대해서는 광적인 거부감을 내보였다.

"부동산 투자를 그렇게 부정적으로만 볼 수는 없어. 자본주의의 3대 요소가 토지, 노동, 자본인데 토지를 그렇게나 가라앉히면 되겠어? 다른 부분도 영향을 받잖아."

미래는 강남의 주상 복합 상가에 투자하여 번 돈으로 자신의 연수 비용을 댔던 엄마가 떠올랐지만 준의 말이 틀린 건 아니라고 생각했다.

"부동산으로 재산 증식을 하는 사람들에게도 논리야 있겠지만 어쨌든 난 그런 게 싫어."

준이 단호하게 얘기를 마무리지었다.

"자, 이젠 호텔로 돌아가서 전화해보자."

"아니, 이런 건 공중전화로 하는 게 나아."

"어머, 넌 정말 스파이 같다."

준이 버튼을 누르자 수화기 저편에서는 바로 한국어가 흘러나왔다.

"경상도에서 왔습니다."

미리 약속한 암호였다. 그것은 김정한의 별명에서 딴 것이었다.

"그래, 오는 데 어려움은 없었소?"

"네. 편하게 왔습니다."

"고생했소. 거기는 모레 아침에 출발하는 게 좋겠소. 글피 저녁이 중요한 날이니까."

"알겠습니다. 다시 연락을 드릴까요?"

"아니요. 그럴 필요 없소. 이 전화를 마지막으로 합시다."

"알겠습니다."

"수고하시오."

두 사람은 뉴욕에서 이틀을 더 보낸 후 차를 렌트해서 서미온으로 출발했다.

"긴장되기 시작하는데……, 넌 어때?"

운전석 옆에 앉은 미래가 침착한 모습으로 운전대를 잡고 있는 준에게 넌지시 물었다.

"아무렇지도 않아."

"정말?"

"그래."

"어떻게 그럴 수 있어? 나는 아무리 생각을 지우려 해도 자꾸 무언가가 떠올라."

"뭐가 떠오르는데?"

"하와이에서 얘기하던 그것 말이야. 경호원이나 군인, 혹은 경찰에게 붙잡히는 모습이라든가 뭐 그런 거 말이야. 넌 안 그래?"

"안 그런 사람이 어디 있겠어? 이런 일을 하면 불길한 상상이 떠오르게 마련이지. 하지만 나는 이미 마음을 정리했어."

"어떻게?"

"잡히면 너하고 옥중 결혼하기로."

"어머!"

미래가 매섭게 눈을 흘겼다. 그러나 준은 태연히 말했다.

"그게 가장 현실적인 길이야. 누가 우릴 기다려주겠어? 십 년, 아니 그 이상 감옥에서 지내야 하는데."

"호호, 내게 그럴 매력이 있으면 좋겠다."

"너 매력 짱이야. 솔직히 나는 너의 용기에 반했어. 여자애가 미국 대통령을 도청하러 간다. 대단한 일이잖아."

"이게 다 누구 때문인데?"

두 사람은 애써 즐거운 기분을 유지했다.

서미온은 캠프 데이비드와 인접해 있는 유일한 도시이지만 여느 마을과 다를 바 없었다. 준과 미래는 일단 마을에 들어오자 적잖이 마음이 놓였다. 두 사람은 조용한 모텔을 찾아 짐을 풀었다.

"조용한 곳을 좋아하나 봐요."

모텔 주인은 신혼부부 같은 두 사람이 방을 잡자 말을 걸어왔다.

"네. 우리는 이런 곳에서 일 없이 며칠 지내는 게 좋아요."

"여기엔 두 분과 같은 이유로 찾아오는 사람들이 연중 끊이지 않아요. 관광지다, 명승지다 많이들 다니지만 사실은 조용한 산속 마을에서 아무것도 하지 않고 며칠 푹 지내는 게 최고의 휴식이죠."

주인은 자신이 살고 있는 마을과 자신이 운영하는 모텔이 자랑스러운 듯 몇 마디 하면서 손수 커피를 뽑아주었다.

"댕큐!"

준이 자연스럽게 컵을 받아들고 자동차에 올랐다.

"먼저 나방을 잡을까?"

"일단 좀 둘러보자."

두 사람은 자동차를 타고 마을 주변을 조용히 둘러보았다. 산속에 들어앉은 마을은 아늑하고 조용했다. 그러나 캠프 데이비드 쪽으로 통하는 길은 의외로 마을을 벗어나자마자 통제되고 있었다.

"정지!"

"드라이브 하는 중인데요."

"이쪽으로는 못 갑니다."

"왜요?"

"캠프 데이비드입니다."

두 사람은 차를 돌리며 은근히 걱정하기 시작했다.

"이거 뭔가 크게 잘못된 것 같은데."

준의 걱정스런 목소리에 미래의 근심이 이어졌다.

"저쪽이 캠프 데이비드야? 이 큰 산 너머가?"

"그래."

"어머!"

캠프 데이비드와 서미온은 큰 산으로 가로막혀 있었다.

"큰일이다. 이런 지형일 줄이야."

"김 선생님은 이 산을 생각하지 못하셨어. 어떤 나방도 이 산을 넘어 저리 가지는 않을 거야. 설사 휘황찬란한 샹들리에가 백 개쯤 있다 해도 말이야."

미래 역시 고개를 끄덕였다. 수백 마리의 나방을 풀어놓는다 하더라도 이 큰 산을 넘어 캠프 데이비드로 날아갈 놈은 하나도 없었다.

"큰일이네. 산은 바로 눈앞을 가로막고 길은 코앞에서 통제하고 있으니."

미래는 우람하게 앞을 가로막고 있는 산을 보며 묘안을 떠올리려 했지만 도무지 자신이 서지 않았다.

"김 선생님에게 전화를 해볼까?"

그러나 준은 고개를 가로저었다.

"김 선생님인들 무슨 방법이 있겠어? 일단 모텔로 돌아가 곰곰 생각해보자."

두 사람은 모텔로 돌아와 곰곰 생각하며 방법을 찾아보려 했지만 신통한 생각이 떠오르지 않았다.

"산 정상으로 올라가 나방을 풀어보는 건 어떨까?"

미래의 자신 없는 제안에 준이 고개를 가로저었다.

"나도 생각해봤는데 굉장히 위험해. 미국 대통령을 경호하는 자들이 산에 사람이 올라가는데 모르고 있을 거라고 생각하면 곤란해. 이 마을에 있을 때는 아무런 문제가 없지만 일단 이 마을을 벗어나면 저들의 감시망에 백 퍼센트 걸려든다고 생각해야지. 더군다나 캠프 데이비드 쪽으로 올라간다면 말이야."

두 사람은 운이 따르면 쉽게 될 것이란 막연한 기대감이 산산이 부서져 나가는 것을 느꼈다.

"일단 당황하지 말고 찬찬히 생각해보자."

준은 비교적 침착하게 상황에 대처했다.

어떤 죽음

장 검사와 헤어진 강철민 중좌는 옷을 갈아입고 변장을 했다. 항공사에 전화를 걸어 오전에 출발하는 비행기를 예약한 그는 인천공항으로 가는 버스 안에서 공작 거점과의 통화를 시도했다. 그러나 전화기는 꺼진 상태였다. 저우 회장이나 허세철 상장은 언제나 그쪽에서 걸어왔으므로 전화번호가 없었다. 중좌는 공작 거점의 전화기에 음성을 남겼다.

공작 거점이 전화기를 꺼놓았다는 사실에서 강 중좌는 자신의 운명이 흘러가야 할 방향을 읽었다. 아무도 자신을 기다려주지 않고, 아무도 자신의 생환을 바라지 않는 것이었다.

버스가 공항에 가까워질수록 중좌의 마음은 점점 무겁게 가라앉았다.

삐이이이.

탑승 수속을 하고 있을 때 전화벨이 울었다. 저우 회장이었다. 공작 거점으로부터 연락을 받았을 터였다.

"강 선생, 지금 어디요?"

"인천공항입네다. 막 홍콩행 탑승 수속을 하고 있습네다."

저우 회장의 목소리가 차갑게 바뀌었다.

"당신은 딸을 사랑하지 않나 보군."

"무슨 말씀이오?"

"당신이 돌아오면 딸은 어떻게 되겠소?"

"……."

"거기서 죽는 거요. 내 아들과 딸을 두고 맹세하건대, 선생의 딸은 최고로 키우겠소. 그러니 선생은 거기서 죽으시오."

"……."

"나의 의뢰인은 당신의 죽음을 원하오. 허세철 상장도 마찬가지요. 그를 바꾸겠소."

전화기를 타고 허세철 상장의 초조한 목소리가 흘러나왔다.

"강철민 중좌, 다른 방법이 없소."

"……."

강철민은 조용히 전화기의 스위치를 끄고 비행기의 탑승 수속을 취소했다. 몇 시간 후 그는 톈진으로 가는 페리 승객 가운데 끼여 있었다. 다음날 아침 페리가 톈진에 도착하자 그는 신속히 공항으로 이동해 홍콩행 비행기에 올랐다.

비행기가 홍콩의 첵랍콕 공항에 도착하자 중좌는 즉각 시내로 이어진 전철을 타고 집으로 향했다. 집 앞에 늘 서 있던 팅 페이의 자동차가 없었다. 중좌는 부근의 적당한 곳에 몸을 숨기고 밤늦도록 기다렸으나 팅 페이는 오지 않았다. 아기가 이 집에 없다는 얘기였다. 중좌는 택시를 타고 저우 회장의 집으로 향했다.

"오오!"

중좌의 입에서 자신도 모르게 안도의 한숨이 흘러나왔다. 팅 페이의 자동차가 부근에 주차되어 있었다. 중좌의 눈길은 자동적으로 담장을 살폈다.

360도 회전하는 감시 카메라가 넉 대 있는 것 외에도 적외선 경보장치가 설치되어 있었다. 담을 넘어갈 수는 없었다. 방법은 담장 위 일 미터 정도에 걸쳐 있는 적외선과, 역시 비슷한 높이를 비추는 카메라보다 훨씬 위로 지나가야 할 것이었다. 중좌의 눈길이 이십 미터 정도 거리를 두고 떨어져 있는 한 저택으로 향했다. 저우 회장의 집과 같은 삼층 높이였다. 다행히 그 집은 저우 회장의 집처럼 까다로운 전자 장비가 달려 있지 않았다.

중좌는 로프와 네 개의 갈고리, 그리고 유리 절단용 칼을 샀다. 이웃집 담장을 넘어 들어간 중좌는 비호 같은 몸놀림으로 창틀을 이용해 옥상으로 올라갔다. 거기서 중좌는 두 개의 갈고리를 옥상 벽에 걸고 나머지 두 개를 저우 회장의 집 옥상 턱으로 던졌다. 귀신같이 정확한 솜씨였다.

중좌는 허공에 탄탄하게 걸린 두 줄의 로프를 양 어깨와 다리

사이에 끼고 기어가기 시작했다. 불과 이 분도 지나지 않아 중좌는 이십 미터의 허공을 기어가 저우 회장의 저택 옥상에 내렸다. 중좌는 로프를 걷은 후 다시 갈고리를 짧게 매 옥상의 벽에 걸고는 로프에 매달려 삼층의 각 방을 들여다보기 시작했다.

저우 회장이 일층과 이층을 넓게 쓰는 걸 알고 있었기 때문에 중좌는 삼층의 불 꺼진 방을 집중적으로 살폈다. 창을 통해 몇 개의 방을 살폈지만 그때까지 아기를 찾지 못하던 중좌는 마지막 방에서 모로 누워 자고 있는 팅 페이의 모습을 보았다. 아기는 팅 페이 옆에서 쌔근거리고 있었다.

아기를 확인한 중좌에게 탈출은 식은 죽 먹기였다. 중좌는 문고리 있는 부분의 유리를 조그맣게 잘라낸 뒤 손가락을 넣어 고리를 돌렸다. 스탠드를 희미하게 켜둔 방으로 소리 없이 미끄러져 들어간 중좌는 주머니에서 미리 준비한 마취 수건을 꺼내 아기의 코에 가볍게 비볐다. 잠시 후 아기가 깊은 잠에 빠진 것을 확인한 중좌는 얇은 이불과 로프를 이용해 아기를 등에 붙들어 맸다.

다시 창으로 나간 중좌는 로프를 타고 옥상으로 올라갔다. 옥상에서 중좌는 건너편 저택의 옥상 틱에 갈고리를 던져 두 줄의 로프로 길을 만들었다.

"아가, 이제 조금만 기다리면 돼!"

중좌는 낮게 속삭이고는 양팔과 양다리를 이용해 로프를 타기 시작했다.

"봤소?"

"네. 역시 저 사람은 완벽 그 자체군요. 공중을 기어가는 저 날렵한 동작을 보세요. 아름답기까지 합니다. 나는 지금 몸이 떨리고 있어요."

"내가 거듭 공항을 감시하라고 했음에도 저우 회장은 저 사람을 놓쳤소."

"저 사람은 야수와 같은 후각을 가지고 있어요. 우리는 인천에서 들어오는 모든 비행기를 철통같이 감시했지만 그를 찾지 못했어요."

"지금 저 사람은 그나마 아기 때문에 우리 손에 들어온 거요. 아기를 이리 옮겨놓고 집중 감시를 한 덕분에 잡을 수 있었단 말이오."

로프를 타고 허공을 기어간 강 중좌는 옥상에 내리자 바로 창틀을 이용해 지상에 내려섰다. 훌쩍 뛰어올라 담을 넘으려던 중좌는 다음 순간 자세를 낮추고 정원을 가로질러 반대편 담을 타고 넘었다. 그는 비호 같은 동작으로 저우 회장의 저택으로 달려갔다. 예상대로 문은 열려 있었다. 강철민은 저우 회장의 응접실로 미끄러지듯 잠입해 들어갔다.

저우 회장과 허세철은 날이 환하게 밝고도 한참이나 더 지나서야 응접실로 들어왔다. 두 사람의 표정은 기묘하면서도 허탈

한 것이었다.

"도대체 어떻게 된 일인지 알 수 없소. 그가 담을 넘으려고 뛰어올랐고 모두 그의 머리를 보지 않았소? 그런데 왜 그는 그 순간 다른 쪽 담으로 내뺐느냔 말이오."

"저우 회장 말마따나 야수의 후각으로 뭔가 냄새를 맡았나 봅니다."

"그나저나 큰일이오."

"딸을 데리고 있는데다 전 경찰이 특별비상을 걸었으니 분명 잡힐 겁니다."

"잡히기야 어디서 잡혀도 잡히겠지. 하지만 그가 엉뚱한 곳에 잡혀 입만 벙긋해도 우린 끝장이란 말이오. 그가 잡히는 순간 나는 북으로 돌아갈 수도 없거니와 북의 동지들과 가족은 바로 죽소. 저우 회장도 거의 마찬가지요. 북조선에 들어가 있는 자본이 몰수되는 건 말할 것도 없고 김정일이 중국 지도자들에게 어필하면 저우 회장 역시 형무소 신세요. 오래 썩게 되겠지."

"도대체 그의 심사를 알 수 없소. 사방이 꽉 막혔는데 딸을 데리고 어떻게 하겠다는 건지 알 수 없소. 내가 딸을 돌봐주겠다고 했던 약속을 못 믿은 건지 막상 스스로 목숨을 끊으려니 도저히 할 수 없었는지."

"아니, 그런 건 아니오."

갑자기 들려온 목소리에 두 사람은 기겁했다. 강철민이었다. 건너편 소파 뒤에서 한 팔로 아기를 안은 채 천천히 일어나는 강철민을 보자 저우 회장은 놀란 중에도 팔걸이에 부착된 버튼을 눌렀다. 부하들을 부르는 비상벨이었다.

"그럴 필요 없소."

강철민은 저우 회장의 행동을 보고도 별로 개의치 않는 듯한 표정이었다. 부하들은 삽시간에 달려왔다. 저우 회장은 일단 안심되는 표정을 지으며 손을 들어 부하들을 제지했다.

"내가 여기까지 온 건 저우 회장을 못 믿어서도 아니고 죽는 게 두려워서도 아니오. 나 자신도 갈 곳이 없다는 사실을 누구보다 잘 알고 있소."

"……."

"저우 회장."

"말하시오."

저우 회장은 무슨 말이라도 듣고 싶었다. 그는 죽을 수밖에 없는 사람이었지만 그를 대하는 심사가 편할 리 없었다. 그건 허세철 상장도 마찬가지였다. 사실 그는 강철민에게 큰 빚을 지고 있다는 느낌에서 한순간도 자유로울 수 없었다.

강철민은 잠시 말을 멈추었다. 저우 회장은 왠지 불길한 기분이 들었다. 부하들이 총을 겨누고 있는데다 강철민은 아기를 들고 있어 자신에게 위험한 상황은 없을 것이었다. 그러나 왠지 큰일이 터지기 전의 어떤 불길한 예감이 머리를 엄습해왔다.

"나는 강 영웅을 만나지 말았어야 했소. 강 영웅에 대한 기억은 나를 두고두고 괴롭힐 거요. 홍콩의 밤을 지배하는 동안 대단한 인물을 수없이 보아왔지만 강 영웅 같은 사람은 한 번도 본 적이 없소."

저우 회장은 가슴속에서 우러나는 진심을 토로했다. 그러나 그는 더 이상 말을 이을 수 없었다.

"아앗!"

강철민 중좌가 비호 같은 동작으로 칼을 꺼내 자신의 복부를 찔러버렸기 때문이었다. 휘황찬란한 샹들리에 불빛 밑에서 선명한 핏방울이 강철민의 몸을 타고 바닥으로 흘러내렸다.

"강 영웅!"

강철민의 몸은 순식간에 피로 젖었지만 비틀거리거나 바닥에 쓰러지지 않았다. 오로지 의지 하나로 버티며 눈을 부릅뜬 그의 모습은 악귀 같았다. 외마디 신음 하나 없이 제자리에 버티고 선 강철민의 눈에선 마치 야수의 그것처럼 강렬한 눈빛이 쏟아져 나왔다. 시간이 흘러갔지만 아무도 움직이지 못하고 강철민의 모습을 쳐다만 보고 있었다. 피는 계속 콸콸 쏟아져 나왔으나 강철민의 두 다리는 조금도 풀리지 않았다. 현장의 모든 사람들이 자신도 알 수 없는 공포에 사로잡히기 시작했다.

"저우 회장."

처절의 극에 달한 모습과는 어울리지 않는 낮은 음성에 저우는 급히 대답했다.

"말씀하시오, 강 영웅."

"부탁이 있소."

"뭐든 말하시오."

"보다시피 나는 이제 죽은 목숨이오."

저우는 미동도 하지 않고 강철민을 지켜보았다.

"내 딸을 한국으로 보내주시오."

"강 영웅, 내가 친자식 이상으로 잘 키우겠소."

그것은 저우의 진심이었다. 하지만 강철민은 고개를 가로저었다.

"저우 회장의 마음은 알고 있소. 하지만 이 아기는 한국인이오. 나와 내 아내는 우리가 죽더라도 아기만은 한국으로 보내자고 약속했소."

"……."

"저우 회장은 힘이 있잖소. 게다가 암살범 강철민은 죽었으니 아무런 장애가 없소. 부탁이오. 애를 한국 영사에게 데려다 주시오."

저우의 눈썹이 파르르 떨렸다.

"강 영웅, 겨우 그 부탁을 하러 이렇게 왔소? 전화 한 통화면 해결될 일을."

"약속할 수 있소?"

"목숨을 걸겠소. 강 영웅의 몸이 흙에 들어가기도 전에 아기는 한국에 가 있을 거요."

그제야 강철민의 몸이 떨리기 시작했다. 출혈 쇼크였다.

"전화를 하게 해주시오. 통화해야 할 사람이 있소."

저우는 부하를 시키지 않고 자신이 직접 전화기를 갖다 주었다.

"검사님, 전홥니다."

출장 준비를 위해 사무실에서 미제 사건들을 정리하고 있던 장 검사는 전화기를 건네받았다.

"장 검사?"

강철민 중좌의 목소리를 듣는 순간, 장 검사는 불길한 예감이 들었다.

"홍콩이오. 이제 아내 곁으로 떠나는 길이오. 아내와 함께 하늘에서 아기를 지켜볼 거요."

"왜 그래요? 아기를 위해 살아야 하지 않겠소?"

"나도 그러고 싶소. 딸아이와 같이 살고 싶소. 하지만 내가 여기서 생을 마감해야 아기가 살 수 있소. 나는 이 세상 어디에도 갈 곳이 없소."

"한국으로 오시오. 내가……."

"그건 우리 애를 불행에 빠뜨리는 길이오. 깊이깊이 생각했소. 장 검사도 짐작할 거요. 뒤에는 CIA가 있잖소."

"분명 길이 있을 거요. 강 중좌는 여기서 용서받을 수 있소. 당신은 그들의 지시를 어겼소. 당신은 노 대통령 암살을 막은 거요."

"지금 나는 비로소 마음을 놓고 있소. 이제 우리 애는 남한에서 밥도 먹고, 옷도 입고 학교도 다니게 될 거요. 그것만 해도 나는 너무 고맙소. 북조선에는 굶어 죽는 아기들이 너무 많소."

"강 중좌, 거기 어디요? 지금 있는 데가 어디요? 내가 영사에게 연락하겠소."

강철민 중좌는 장 검사의 다급한 목소리가 터져나오는 전화기를 놓아버렸다. 그리고는 피로 범벅이 된 손을 들어 아기의 뺨을 어루만졌다. 중좌의 뇌리에 어린 시절의 먼 기억들이 떠올랐다. 가난했던 이웃 사람들, 어진 어머니. 직장에서 자아비판을 강요당한 뒤 어머니를 보살피라는 유언을 남기고 스스로 목을 맨 아버지. 그분은 강직했지만 따뜻한 분이었다. 그리고 중국의 수용소에서 혀를 깨물고 죽어야 했던 아내. 끝없이 이어지는 군대의 기억들…….

항일의 빛나는 전통이여
강철로 다져진 영광의 대오
나가자 조선인민군…….

그의 조선인민군가는 끝까지 이어지지 못했다. 그는 마지막으로 아기의 이름을 불렀다. 의식이 희미해지면서 그는 아내가 다가오는 모습을 보았다. 아내가 웃으며 그의 손을 잡아주었다.

초조해하던 장 검사는 저녁 무렵 홍콩의 한국 영사관에서 사망한 강철민의 아기가 넘어왔다는 소식을 접하고는 한동안 가슴에 통증을 느꼈다. 강철민. 얼마나 딸아이와 같이 살며 잘 키우고 싶었을까. 장 검사는 어두워진 사무실 의자에 앉아 울음을 터뜨렸다.

비밀 협상

'이제 류삼조를 만나는 일만 남았구나.'

미국으로 출장 간다는 말에 아내는 누구와 함께 가는지 꼬치꼬치 캐물었다. 혼자 간다고 아무리 얘기해도 믿는 눈치가 아니었다. 아마 딸애의 중요한 일정이 없었으면 따라나섰을지도 모르는 일이었다. 다음번에 인도네시아의 발리로 가족 여행을 떠나기로 약속을 함으로써 겨우 아내를 달랠 수 있었다.

다음날 장 검사는 막무가내로 열흘간 휴가를 내고 개인용 여권으로 미국행 비행기를 탔다

검사라는 직책이 이런 식으로 여행하는 게 온당할 것 같지는 않았지만 장 검사는 이미 이정서의 죽음을 불러온 제3의 시나리

오에 온 정신을 빼앗기고 있었다.

장 검사는 존 에프 케네디 국제공항에 내리자마자 류삼조 박사에게 전화를 걸었다.

묘하게도 류삼조 박사는 미국에서 거는 전화는 바로 받았다.

"장 검사? 이정서 사건을 수사하고 있다구?"

"그렇습니다."

"그 사건은 한국의 검사가 수사한다 해서 결론이 나올 일이 아니오."

류 박사의 음성은 싸늘했다.

"한 번만 만나주십시오."

"나는 한국 검찰의 수사선상에 등장하고 싶지 않소. 아무것도 파헤치지 못하면서 신문에 이름이나 내는 그런 행태를 나는 받아들이지 않소."

"류 박사님, 저는 그런 사람이 아닙니다."

"그런 사람이든 아니든 그 사건에는 한국 검찰이 손톱만큼이라도 할 수 있는 게 없소."

"류 박사님, 저는 사건 수사를 위해 개인 비용까지 대면서 여기 온 게 아닙니다. 그냥 대한민국의 젊은이로서 조국의 미래가 걱정되어 왔을 뿐입니다."

"개인 비용으로 왔다고?"

"그렇습니다."

"흠."

류삼조는 약간 의외인 듯했다.

"저도 이 사건은 범인을 잡는다든지 할 수 있는 사건이 아니란 걸 이미 알고 있습니다. 다만 제 조국의 진실을 알고 싶은 겁니다."

"당신 나이가 몇 살이오?"

"서른여덟입니다."

"검사 경력은?"

"십삼 년입니다. 고시가 좀 빨랐습니다."

"대한민국의 젊은이로서 조국의 미래가 걱정되어 왔다? 그 말은 진정 나를 감동시키는군. 요즘도 조국에 이런 젊은이가 있다는 사실이 너무 반갑소. 더구나 현직 검사가."

"한 번 만나만 주십시오. 저는 오직 이 한 번의 만남을 위해 여기까지 왔습니다. 검찰청에는 거짓말을 하고 개인 여권으로 왔단 말입니다. 잘못하면 위수지구 이탈로 문제가 될 수도 있습니다."

"오늘 저녁 타임스스퀘어에 있는 딥 블루라는 재즈바로 나오시오."

장 검사는 나이가 되어 보이는 류 박사가 재즈바에서 만나자고 하자 약간 이상한 기분이 들었지만 딥 블루라는 재즈바는 예상과 달리 아주 조용한 바였다. 한갓진 곳에 자리를 잡고 앉아 있는데 등 뒤에서 한국말이 들려왔다.

"장 검사요?"

장 검사는 자리에서 일어나 돌아다보았다. 나이가 제법 든 사람이 매서운 눈초리를 보내왔다.

"류 박사님이시군요."

노인은 말없이 손을 내밀었다.

"당신은 인상이 괜찮군. 전화상으로 한 말이 진실이란 걸 알 수 있어. 나는 관상을 보기 때문에 절대 사람 실수는 안 해."

장 검사는 부드러운 대화로 바꿔 분위기를 유도해야겠다고 생각했다.

"재즈바지만 조용하고 느낌이 좋습니다."

"나는 이 집에 자주 와요. 흘러간 음악을 들으며 옛 추억을 되새기는 거지요. 위스키 한 잔씩 하면서 말이오."

"그러시군요."

"어쨌든 당신은 된 사람이오. 사람 자체가 선질이야."

"과찬이십니다. 검사라는 직업을 수행하다 보면 본의 아니게……."

"알고 있소. 그러나 사람의 본성은 속일 수 없는 법이오. 자, 시바스 리갈, 이거 한 잔 합시다."

"이 술은……."

"그렇소. 박정희 대통령이 죽기 직전에 마셨던 술이오. 나는 이 술을 보면 그때 그 일을 잊을 수 없소. 나의 인생도 이 시바스 리갈 한 모금에 묻어나거든."

"그러시군요."

류삼조 박사는 처음의 경계하던 분위기에서 갑자기 기분이 좋아진 듯했다.

"자, 듭시다. 조국에 당신과 같은 젊은이가 있다는 사실이 너무 자랑스럽소. 나도 한때 조국을 위해 모든 걸 바치던 때가 있었소. 남자의 인생에는 여러 가지가 있겠지만 조국을 위해 모든 것을 다 바치는 인생도 아주 통쾌한 거요. 사나이로서 해볼 만한 거지."

"……"

"자, 또 한 잔 듭시다. 오늘은 아주 기분이 좋소. 이제야 조국이 나에게 보상을 해주는군. 당신 같은 젊은이를 보내줌으로써 말이오."

신이 난 류 박사는 술자리가 무르익자 묻혀진 현대사의 뒷얘기 한 토막을 꺼냈다.

"뉴욕에서 우리 동포들이 수십 년간이나 차별당하고 푸대접받는 것을 보고 있자니 이래선 안 되겠다 하는 생각이 들었어요. 방법을 곰곰 연구하던 나는 내 재산의 반을 뚝 떼어 가지고 뉴욕 상원의원을 찾아갔소. 이 돈을 당신네 공화당에 기부하겠소 했더니 이 친구 눈이 툭 튀어나오는 거요. 그런 거액을 한국인이 기부할 줄은 꿈에도 생각 못했다는 거지요."

"얼마나 되었는데요?"

"삼백만 달러. 어디서 모았느냐고 묻더군요. 나는 모금한 게 아니고 나 혼자 기부하는 거라고 했소. 무얼 도와주었으면 좋겠느냐고 묻더군. 개인적으로 나를 도와줄 일은 하나도 없다, 다만 뉴욕에서 우리 한국인들이 흑인들에게 시달리지 않고 정당한 대접을 받도록 미국 사회의 인식을 같이 바꿔나가자고 했더니 이 양반이 나를 부시 대통령에게 데려가는 거야."

"지금의 부시 말입니까?"

"아니, 아버지 부시 말이오. 그 후 부시 대통령 부부와 나는 막역한 사이가 되었소. 그들의 간청에 따라 공화당 후원회장도 맡아 했소. 그런데 어느 날 부시 대통령이 나를 은밀히 부르는 거야. 가보니 정보 계통 참모들 몇을 대동한 채 기다리고 있더군. 나를 보더니 하는 말이 류삼조 박사, 평양에 좀 가주시오 하는 거요."

"평양에요?"

"무슨 일로 그러느냐 했더니 미국은 전 세계에 채널이 있는데 북한만 없다는 거요. 날 보고 그 채널을 좀 열어달라는 거였지. 그래서 미국 대통령의 특사 자격으로 평양을 여러 차례 다녔소. 김일성, 김정일 부자하고 속깊은 얘기도 나눴소."

"김일성은 어떤 사람이었습니까?"

"제스처가 크고 다변이면서도 예리한 데가 있어요. 그 큰 몸집에 어울리는 배짱 좋은 사람이었소."

"배짱이 컸나요?"

"그럼요. 언젠가 평양에 가기 전에 아버지 부시가 한 장의 서류를 주면서 김일성에게 전해주라고 하더군요. 내가 뭐냐고 물으니까 미국이 열두 대의 인공위성을 동원해 김일성 머리 뒤의 혹을 찍어 진단한 건데, 시간이 지날수록 생명을 잃을 염려가 많다는 거요. 그래서 미국 병원에 와서 수술하는 게 어떠냐는 제안을 했지."

"호오, 그런 일이 있었습니까? 그래서 김일성은 미국에 가서 혹을 치료했나요?"

"아니요. 못했어요."

"왜요?"

"며칠 생각하더니 미 공군 1호기를 보내달라고 하더군요."

"공군 1호기면 미국 대통령 전용기?"

"그렇소. 그 사람의 됨됨이를 보여주는 일화지. 미국 측에서 난상토론 끝에 그건 곤란하다고 하자 김일성 주석은 그럼 없던 일로 하자고 했소. 그때 미국에 와서 수술을 받았으면 김 주석도 더 오래 살았을 테고, 남북 정상 회담 역시 훨씬 전에 이루어졌을 거요."

"그런 일이 있었군요."

"있었소. 암, 있었고말고."

장 검사는 옛 얘기로 류 박사의 말문이 열렸다고 생각되자 바로 이정서 사건을 꺼냈다.

"이상하게도 이 사람의 소설을 읽다 보면 현실이 그대로 담겨 있는 듯한 느낌을 받게 됩니다."

류 박사는 웃었다.

"그럴 거요."

"그런데 이 사람의 유고를 보면, 이 사람은 무슨 생각인가를 가지고 뉴욕으로 류 박사님을 찾아온 것으로 되어 있는데 실제 그랬습니까?"

"그랬소."

"그것 참 재미있군요. 자신의 행위를 그대로 소설로 쓴다? 마치 일기장 같은 소설이군요."

"그렇소. 그게 그 사람의 특징이지."

"잘 아시는 모양이죠?"

류 박사는 잠자코 고개를 끄덕였다.

"박사님, 그가 왜 박사님을 찾아왔던 겁니까? 원고에는 이라크 파병 문제와 북한 핵문제를 동시에 해결할 수 있는 묘안을 떠올리고 류 박사님을 찾아가는 걸로 되어 있던데요."

"그렇소. 부시를 확 끌어당기는 제안이었소. 그는 나에게 이 세상에는 그런 일을 관철시킬 사람이 꼭 한 사람 있다고 했소. 그게 바로 나라는 얘기였소."

"그런데 그분이 들고 온 제안은 어떤 것이었길래 부시를 확 끌어당겼을까요?"

"음, 아주 웃음이 나오는……, 그러나 부시를 완전히 사로잡는 그런 제안이었소."

"뭐였는데요?"

"음, 북한의 인민군을 이라크에 보내자는 것이었소."

"네?"

"북한군을 이라크에 보내자는 제안이었단 말이오. 그것도 다국적군 모두를 합한 것보다 훨씬 많은, 엄청난 규모의 병력을 말이오."

"……."

장 검사는 어안이 벙벙했다. 도대체 북한군을 이라크에 보낸다는 발상이 보통 사람으로서 가능한 것인지 어떤지 판단조차 서지 않았다.

"그는 나에게 어쩌면 부시는 이 제안을 받아들일지 모른다고 얘기했소. 두 마리 토끼를 동시에 잡는 방법이니까."

"두 마리 토끼라면?"

"바로 이라크 문제를 해결하면서 동시에 북한 문제도 해결하는 거지. 생각해보시오. 부시로서는 이라크전이 끝난 후 죽어가는 미군 때문에 미칠 지경이잖소? 선거를 앞두고 표 날아가는 소리가 쾅쾅 들리는 거지. 게다가 이라크를 해결했다고 해서 그가 테러와의 전쟁에서 이긴 건 아니잖소? 미사일과 핵의 대명사 북한이 존재하는 한, 부시는 테러와의 전쟁에서 이긴 것이 아니란 말이오."

"그렇군요."

"그런데 북한의 인민군이 이라크에서 미군과 같이 작전을 한다면 어떻겠소?"

"아, 그건 대단하겠군요."

"부시로서는 적을 없앨 뿐만 아니라 새로운 동지를 얻는 격이 아니오?"

"그렇군요."

"부시의 지도력이 가장 돋보일 거 아니오?"

"물론입니다."

"재선도 따놓은 당상이고."

"확실하겠군요."

"그러면 이번엔 북한 측 입장을 한번 봅시다. 지금 김정일의 최대 고민은 뭐요?"

"글쎄요, 미국의 위협, 아니면 대량 탈북이나 경제난이 아닌가 싶군요."

"그 모든 걸 한번에 해결할 수 있소."

"인민군의 이라크 파병을 통해서 말입니까?"

"그렇소. 북한은 대부대를 이라크에 보내 북미 연합군을 만듦으로써 미국과의 적대적인 대립을 순식간에 우호적 분위기로 돌릴 수 있소."

장 검사는 고개를 끄덕였다.

"미국이 인민군 대부대 파병의 대가로 엄청난 달러를 지불하리라는 것은 명백하잖소. 그 돈은 북한 경제에 큰 도움이 될 거요."

"그러나 반미를 모토로 삼아 북한 사회를 끌어나가는 김정일이 이라크에 대부대를 보내 미국과 합동 작전을 하는 데는 문제가 있지 않을까요?"

"남한 사람들은 북한을 사상적으로 이해하려 들지만 북한의 실상은 그렇지 않소. 김정일의 최대 고민은 사상이 아니라 현실이오. 그는 미국의 위협으로부터 자유로워지고 싶어하고 인민들에게 빵을 지급하고 싶어하오. 조건만 된다면 그는 미국과 당장이라도 유화적 관계를 맺을 거요."

"미국의 위협으로부터 탈출하고 싶어하는 건 당연하겠지만 그는 인민에게 빵을 지급할 수 있는 유일한 방법인 개방과 개혁을 극도로 피하고 있지 않습니까?"

"장 검사, 김정일이 되어 한번 생각해보시오. 한국과 중국을 뻔히 보고 있는 그로서도 개방과 개혁을 통해 경제를 키우고 인민을 먹이고 싶은 생각은 굴뚝같소. 하지만 개방은 체제 붕괴로 이어질까봐 두려워하는 거 아니오?"

"그렇습니다."

"그러나 이라크 파병은 북한의 체제 유지를 전담하는 군이 나가서 돈을 벌어온단 말이오. 알겠소? 체제 유지는 전혀 문제없소. 그리고 혜택이 또 있소. 어떻게 보면 이게 가장 중요한 거요."

장 검사는 처음에는 황당한 듯싶었던 인민군의 이라크 파병에 매우 탄탄한 논리가 있는 것을 깨닫고 류삼조의 입술에 시선을 집중했다.

"뭡니까?"

"이라크의 복구 사업이오. 본격적인 복구 사업이 시작되면 북한은 수주 자격 영순위요. 이건 미국뿐 아니라 전 세계가 인정하게 된단 말이오. 핵과 미사일의 나라 북한이 이라크의 복구 사업을 통해 세계의 대열로 나서겠다는데 어느 나라가 반대하겠소?"

장 검사는 문득 이정서의 논리를 정책으로 만들려고 한다던 안보보좌관의 말을 떠올렸다. 비록 북한의 이라크 파병은 이루어지지 않았지만 복구 사업 참여는 상황에 따라 가능할지도 몰랐다.

그가 보안상 말할 수 없다던 게 바로 이 일이라는 생각이 들었다.

"그렇군요. 그런데 이런 구도가 만들어지려면 미국은 먼저 북한의 핵 포기를 요구하지 않았을까요?"

"요구했지요. 김정일이야 마음 내키면 하루아침에 부시와 악수할 수 있지만 부시는 형식을 갖추어야 하지. 그런데 사실 북한 핵 개발의 본질이 뭐요? 그걸로 중국이나 러시아를 이기겠다는 거겠소? 남한을 불바다로 만들겠단 거겠소? 아니면 일본을 죽이겠다는 거겠소?"

"미국의 위협에 대항하는 하나의 수단이지요."

"틀림없소. 그러니 그들은 미국이 불가침 조약만 맺어주면 모든 핵 개발을 포기하겠다는 거 아니오. 그런데 북미 연합군이란 건 불가침 조약과는 비교도 안 되는 굳건한 동맹 아니오? 김정일은 당연히 수락했지."

"김정일이 대내적으로 미국의 명분 없는 침략 전쟁에 인민군을 파병하는 명분을 구하기는 어렵지 않았을까요?"

"오히려 그 반대였소. 미국의 이라크인 학대는 김정일에게 더욱 훌륭한 명분을 주었소."

"그게 어떤 명분입니까?"

"이 기회에 인민군은 미군과 다르다는 걸 이라크인에게뿐만 아니라 전 세계에 보여줌으로써 미국의 공격성과 북한의 평화 애호적 모습을 확연히 비교해 보여주려 했던 거요."

"절묘하군요."

"그는 속으로는 실리, 겉으로는 명분이라는 국제 정치의 본질을 아주 잘 이해하는 사람이오."

"인민군의 이라크 파병은 아주 탄탄한 논리를 가졌군요."

"어쨌든 이정서는 부시와 김정일을 동시에 확 끌어당기는 그런 아이디어를 가지고 여기 뉴욕으로 왔소."

"그래서요?"

"나는 부시에게 이 아이디어를 가지고 갔소. 물론 부시는 무척 좋아했소. 아니, 좋아하는 정도가 아니라 눈이 뒤집혔소."

"그랬겠군요."

"부시는 내가 백만 명의 선거 참모보다 낫다고 하면서 모든 걸 나에게 맡길 테니 끝까지 성사시켜달라고 했소."

"그랬군요."

"그런데 그게 이정서의 죽음을 불렀던 거요."

"아! 어째서 그런 결과가 나왔을까요?"

류 박사는 한숨을 내쉬었다. 그는 위스키를 한 잔 들이켜고는 천천히 입을 열었다.

"나는 한성철이를 불렀지요. 그 친구는 북한의 유엔 대표부 부대사인데 옛날부터 알고 지내던 사이였소."

잔잔하게 흘러나오는 음악 사이로 한반도의 운명을 가를 뻔했던 이정서의 얘기는 그렇게 시작되었다.

불발된 합의

　유엔 본부에서 나온 한성철은 자동차가 맨해튼의 종축을 따라 달리는 동안 말없이 창밖을 응시하고 있었다. 평소에는 무심히 봐왔던 거리지만 오늘따라 유난히 눈에 들어오는 것이 많았다. 이른 오후부터 술에 취해 고함을 질러대는 거지부터 시작해 헬멧을 쓰고 먼지와 흙으로 얼룩덜룩한 옷을 입고 손에는 망치 같은 연장을 든 채 당당한 걸음걸이로 공사 현장에 들어가는 멕시칸들, 말쑥한 정장에 선글라스를 끼고 구찌니 살바토레 페라가모니 하는 이름이 씌어진 명품점을 구경하는 백인들까지 온갖 사람들이 거리에서 움직이고 있었다.

　한성철은 이제 자신이 조국의 운명을 결정할 비밀 회담을 마무리지어야 한다고 생각하자 왠지 모를 서글픔이 가슴 깊숙이에서 솟아나는 것을 느꼈다.

사람들이 줄을 지어 걸어가면서 '부시'를 연호하는 소리가 들려왔다. 선거 캠페인에 참가한 공화당 사람들이었다. 자동차가 신호에 걸려 서 있는 동안 누군가 창을 두드렸다.

"부시가 이길 거예요. 부시는 위대한 지도자예요."

한성철은 고개를 돌리려다 말고 차창을 내리면서 물었다.

"부시가 무얼 잘한 거요? 그의 업적이 뭐냔 말이오?"

"테러를 완전히 응징했잖아요. 9 · 11 말이에요. 아프간을 잡고 이라크를 무너뜨리고 이제 북한을 잡을 거예요. 마지막 남은 악의 축인데 한 방에 날려버려야죠."

한성철은 말없이 차창을 올렸다. 자동차가 다시 달리기 시작하자 한성철은 시계를 봤다. 약속시간이 거의 다 되어 있었다.

"대사님, 다 왔습니다."

"알았네."

한성철이 차에서 내린 곳은 한국식 요정이었다. 한복 입은 여자가 미리 밖에서 대기하고 있다가 한성철이 내리자 얼른 고개를 숙이고는 안으로 안내했다.

"손님들이 미리 와 계십니다."

한성철은 말없이 고개를 끄덕였다. 여자가 한국식 창호문을 밀자 두 사람의 모습이 눈에 들어왔다.

"여어, 한 대사. 어서 오시오."

반색하며 일어난 사람은 류삼조 박사였다.

"류 박사님."

한성철 역시 반갑게 손을 내밀었다.

"자, 인사하시오. 여기는 이제껏 우리가 나누던 대화의 결론을 같이 내릴 수 있는 분이시지. 마이클 덕. 대단한 분이오."

류 박사가 소개한 사람은 육십이 약간 넘어 보이는 중후한 인상의 남자였다. 서방 외교가에서 잔뼈가 굵은 한성철은 이미 이 사람 마이클 덕이야말로 자신이 만났던 어떤 사람보다 비중 있는 인사라는 걸 알고 있었다.

"자, 앉읍시다. 덕은 세상에 그리 알려져 있지 않은 사람이오. 하지만 그가 독일 통일의 아버지라는 사실을, 아는 사람은 알고 있소."

"본인도 알고 있습네다."

"아, 그래요? 그렇다면 오늘 이 자리의 깊이는 한 대사도 잘 알고 있겠군요."

"물론입네다."

한성철은 다시 한번 마음속으로 이 자리가 얼마나 중요한 자리인가를 가늠했다. 마이클 덕이 나섰다는 사실은 이제껏 해오던 얘기에 종지부를 찍는 것이었다. 마이클 덕이 누구인가. 독일 통일 직후 정보 계통에서는 실제로 그가 독일 통일을 이끌어냈다는 소문이 짜했다. 당시 에리히 호네커 동독 서기장은 그의 말이라면 무조건 들어주었는데, 그 이유는 그가 덕에게 치명적 약점을 잡혔기 때문이라는 소문이 무성했었다.

그는 얼마 전까지 타이완 대사로 있었는데, 중국과 모종의 비밀 협상을 하기 위해서라는 분석이 지배적이었다. 아무튼 그는 아버지 부시 때부터 지금에 이르기까지 공화당 정권의 실세 중 실세인데다 신비에 싸인 인물이었다. CIA의 정보를 무제한으로 볼 수 있는 몇 안 되는 미국인 중 하나라는 소문도 떠도는 참이었다.

식사가 들어오고 술이 몇 순배 돌아가자 류 박사는 주변 사람들을 물렀다.

"개미 새끼만 들어올 수 있는데 그것도 세 마리까지만이야."

류 박사가 마담에게 농담을 던졌지만, 사실 그 농담은 뼈가 있는 것이었다. 주변이 조용해지자 류 박사가 먼저 입을 열었다.

"자, 한 대사. 대통령께서는 이 문제에 대해 덕에게 전권을 맡기셨소. 한 대사 역시 김 위원장으로부터 전권을 부여받은 걸로 아는데……."

한 대사는 옷걸이에 걸어두었던 양복 안주머니에서 한 장의 종이를 꺼내 류 박사에게 건넸다. 류 박사가 읽어보고는 만족스러운 미소를 지으며 다시 덕에게 넘겼다.

"됐소. 이제 덕이 보여주시오."

덕 역시 위임장을 꺼내 보여주었다. 마찬가지 절차가 끝나자 류 박사가 무겁게 입을 뗐다.

"한반도의 평화를 위해 가장 확실한 방법이오. 결심하시오."

류 박사는 자신 있는 목소리로 한성철을 밀어붙였다. 한성철은 신중한 표정으로 한참 동안 눈을 감고 무언가를 생각하고 있다가 눈을 떴다. 잠시 입술을 달싹이던 그는 마치 다른 사람처럼 이제까지의 촉촉하던 목소리가 아닌 공허한 목소리로 물었다.

"부시 대통령 각하 명의의 합의서를 써줄 수 있습네까?"

류 박사는 고개를 가로저었다.

"음."

한성철은 다시 한번 신음을 토해냈다. 김정일로부터 전권을 위임받고 미국과의 물밑 거래를 성사시켜야 하는 부담감이 한없이 육중하게 어깨를 눌러왔다.

"각하가 서명한 합의서만 있으면 모든 일이 일사천리로 진행될 수 있을 텐데……."

"하지만 이런 일에 대통령 명의의 합의서를 쓸 수 없다는 건 한 대사 자신이 누구보다 잘 알 것 아니오?"

사실이 그랬다. 이런 희대의 뒷거래가 대통령 명의의 합의서로 남을 수는 없는 일이었다. 한성철은 곰곰 머리를 굴렸다. 도대체 어떤 미스가 생겨날 수 있을 것인가?

한성철은 합의서 없이 핵 개발을 포기하겠다고 선언했을 때 뭐가 문제가 될 것인지를 바로 이 자리에서 집어내야 했다. 총론은 전혀 문제될 것이 없어 보였다. 북한과의 급진적인 우호 관계 설정으로 부시는 최고의 인기를 누릴 것이었다. 주석은 주석대로 확고한 정치적 토대를 구축할 수 있을 것이었다. 게다가 북한군을 이라크에 파견한다는 파격적 아이디어는 주석의 마음에

쏙 들었다. 북한의 체제 유지 세력인 인민군이 이라크에 나가 나라의 위세를 떨치고 미국이 제공하는 거액의 달러까지 벌어오면 그 돈으로 국가 체제를 시장경제로 이행할 수 있을 것이었다. 이것은 공화국의 불안한 사정을 크게 호전시키고 탈북자를 막을 수 있는 방법이었다. 최소한 이십 년, 아니 잘하면 삼십 년까지도 정권 유지에는 지장이 없을 것이었다.

"결정하시오!"

류 박사는 계속 다그쳤다.

"좋습니다!"

한성철이 절규하듯 내뱉었다.

"잘 생각했소. 그게 최선이오. 서로에게 가장 훌륭한 선택이란 말이오. 무엇보다 중요한 것은 부시의 재선과 위원장의 안정적 집권이오."

류 박사가 다시 한번 핵심을 짚었다. 한성철 역시 고개를 끄덕였다. 사실 정책이 뭐 그리 중요하단 말인가. 모든 것은 사람들이 만들어내는 게임이고, 게임이란 일단 사람들이 권좌에 있어야 할 수 있지 않은가. 한성철은 생각이 여기까지 이르자 더욱 용감해지는 것 같은 기분이 들었다. 위원장의 집권이 확실히 보장된다면 비밀 거래의 주역인 자신의 위치가 어떨 것인지는 말할 필요도 없었다.

"그럼 두 사람 명의의 양해각서를 체결합시다. 두 사람 모두 최고 지도자에게 보여야 할 테니까."

류 박사는 덕의 얼굴을 쳐다봤다. 덕은 잠시 생각하더니 고개를 끄덕였다. 류 박사는 능숙한 솜씨로 가져온 백지에 문안을 적어넣기 시작했다.

—미합중국 조지 부시 대통령의 전권 특사 마이클 덕과 조선민주주의인민공화국 김정일 주석의 전권 특사 한성철은 핵문제 및 이라크에서의 미북 연합군 창설을 목표로 하는 외교 관계를 성립시키기 위한 비밀 회담을 갖고 그 내용에 동의한바 아래와 같이 양해각서를 체결함.

두 사람이 문서의 내용을 읽은 후 날짜에 공동 서명을 막 하려고 할 때였다. 덕의 휴대폰이 삐이삐이 울어댔다. 덕은 얼굴을 찌푸리고는 휴대폰의 발신 번호에 시선을 모으더니 후닥닥 휴대폰을 꺼내들고는 밖으로 나갔다. 잠시 후 들어온 그의 얼굴은 창백했다. 그는 류 박사가 작성한 문서를 얼른 주머니에 집어넣었다. 류 박사와 한성철은 놀란 얼굴로 덕의 행동을 쳐다만 보고 있었다.

"박사님, 그리고 한 대사. 오늘 결정은 잠시 유보합시다."

"무슨 소리요? 도대체 무슨 일이 난 거요?"

류 박사가 노기 띤 음성으로 물었다.

"각하께서 직접 지시하셨습니다."

"지금 전화가 각하의 전하요?"

"그렇습니다. 저간의 사정은 설명하지 않은 채 일단 어떠한 합의도 보류하라는 지시를 하셨습니다."

"음."

류 박사는 얼굴을 찌푸렸다. 한번 결정한 것은 끝까지 밀어붙이는 성격의 부시는 절대 이럴 사람이 아니었다. 한성철 역시 불안한 표정을 감추지 못했다.

"류 박사님, 다시 연락드리겠습니다."

덕은 안쓰럽기 그지없는 표정을 지으며 자리에서 일어났다. 그로서는 이 어정쩡한 분위기 속에서 더 이상 머물러 있고 싶지 않을 터였다.

"마이클, 무슨 일인지 파악하는 대로 속히 연락해주시오."

"알겠습니다."

덕은 서둘러 자리를 빠져나갔다. 한성철이 완전히 맥빠진 얼굴로 류 박사를 쳐다봤다.

"박사님, 왠지 불길한 예감이 듭네다."

"그러게 말이오."

"박사님, 도대체 어떤 놈들이 중간에서 작용했을까요?"

여전히 곤혹스러운 표정을 지우지 못하고 한성철이 물어왔다.

"글쎄요."

류 박사는 눈을 감고 부시 주변의 인물을 차례로 떠올렸다. 파월은 분명 아니었다. 그는 한반도 사정을 누구보다 잘 아는 인물이었다. 한발 더 나아가 그는 이런 계획을 적극적으로 지원할 사람이었다. 라이스나 럼즈펠드 역시 오랜 이라크 전쟁에 지쳐 있는 터라 크게 반대할 것 같지 않았다. 그렇다면?

부시 내각의 멤버 중에서는 두목의 재선을 결정지을 이런 계획에 반대할 사람이 있을 것 같지 않았다. 여기에 생각이 미치자 류 박사는 상대가 결코 만만치 않은 자들이란 생각이 들었다. 부시조차 마음대로 하지 못하는, 오히려 부시가 따를 수밖에 없는 자들일 거라는 데 생각이 미치자 류 박사는 등줄기에 식은땀이 흐르는 것을 느꼈다.

"류 박사님이 부시를 직접 만나 강력하게 합의를 종용하시지요."

한성철은 류 박사가 어떤 생각을 하는지도 모르고 졸라댔다.

"기실 위원장님은 이 계획에 신명이 나셨습니다. 지금 무척 기다리고 계실 겁니다."

류 박사는 천천히 고개를 가로저었다.

"어쩐지 불길한 생각이 드는군요."

류 박사의 이런 모습은 한 대사를 더욱 초조하게 만들었다. 급기야 한 대사도 입을 닫고는 조용히 생각에 빠져들었다. 미국 정치를 어느 정도 아는 그인 만큼 양해각서 체결 전에 일어난 이런 갑작스런 사태는 결국 모든 것을 날려보낼 조짐이라는 것을 분명히 느끼기 시작했던 것이다.

"여기까지요."

류삼조 박사는 아쉬운 표정을 완연히 드러낸 채 말을 맺었다.

"참, 안타까운 순간이었군요."

장 검사가 길게 한숨을 내쉬었다.

"이정서의 멋지다 못해 아름답기까지 한 아이디어가 무너져 내리는 순간이었소."

"그리고 이정서 씨는 어떻게 되었습니까?"

"그는 그날 밤 맨해튼의 한 음식점에서 홀로 소주를 마시고 있었소. 결정적인 순간을 기대하면서 말이오. 그러나 순조롭게 진행되던 회담이 결렬되었다는 소식을 듣고 크게 실망했소. 그 안쓰러운 표정은 정말 볼 수 없을 정도였소. 그는 다음날 그 자신이 무언가 해보겠다며 북한으로 갔소. 한성철과 같이 위원장을 만나 더 양보할 것이 없는지를 알아본 다음 내게 다시 오기로 했소. 나도 부시를 만나기 전에 먼저 위원장에게서 더 나올 것이 있는지 알고 싶었으므로 내 명의의 추천서를 써주었소."

"그랬군요. 그래서 바로 북한으로 들어갔던 거군요. 그 후 그는 위원장으로부터 어떤 성과를 얻었습니까?"

"그러지는 못했소. 위원장으로서도 부시가 갑자기 변한 이유를 알지 못하는 이상, 할 수 있는 게 없었던 거요."

"이정서 씨는 아무 성과 없이 평양을 떠날 수밖에 없었고, 그러곤 베이징에 와 피살되고 말았군요. 그런데 어떤 자들이 이정서 씨를 죽였을까요?"

"알 수 없는 일이오."

"로저라는 요원은 그들이 자신의 동료라고 얘기했는데 문제는 그 살인기계가 몇 번이었는지를 지목해내는 데 있는 게 아니지 않습니까?"

"맞는 말이오. 그의 죽음의 배후를 아는 게 더 중요하지. 그러려면 먼저 왜 부시가 그렇게 환호하던 프로젝트를 성사 직전에 깨버렸는지 알아야만 하오."

"류 박사님은 이후 부시를 만나지 않았습니까?"

"만나지 못했소. 모든 면담 신청이 거부당했소. 뭔가 대단한 변화가 있었던 모양이오."

장 검사는 생각을 집중했다. 이정서의 죽음은 대단한 국제 정치적 배경을 뒤에 깔고 있었다. 그는 북한군을 이라크에 파견한다는 대단한 아이디어를 가지고 부시를 거의 움직였으나 마지막 단계에서 부시가 변심하는 바람에 죽음을 당한 것이었다.

"음."

이정서의 죽음은 부시의 변심과 깊은 관련이 있다. 그렇다면 도대체 무엇이 부시로 하여금 양해각서에 도장을 찍기 직전 마음을 바꾸게 했던 것일까?

"류 박사님은 짐작 가는 게 없습니까?"

"알 수 없소."

류 박사는 더 이상 도움이 될 것 같지 않았다. 아니, 되려 하지 않는 건지도 몰랐다.

"자, 이제 그 얘기는 그만 합시다. 할수록 가슴만 아프니까."

"알겠습니다."

장 검사는 이미 류 박사는 더 이상 말하려 하지 않는다는 것을 알았기 때문에 싹싹하게 뒤를 끝냈다.

호텔로 돌아오는 자동차 안에서 장 검사는 자신이 이제야 비로소 이정서의 죽음을 둘러싼 거대한 음모의 일단을 붙잡았다고 생각했다. 그러나 현실적으로 할 수 있는 일은 아무것도 없었다. 이정서의 죽음을 파헤치려면 부시가 변한 이유를 아는 게 급선무였다. 그러나 그것을 알 수 있는 방법은 어떤 한국인에게도 있을 수 없었다.

한 소설가의 죽음을 둘러싼 거대한 세계 정치. 장 검사는 그 세계 정치의 그물망이 죄어오는 듯한 기분에서 벗어나기 위해 애쓰며 한국의 김정한에게 전화를 걸었다. 류삼조 박사가 들려준 얘기를 조금이라도 전해주어야 할 것 같았다.

엉뚱한 기자

"준아, 일단 김 선생님과 통화를 해야겠어."

"김 선생님인들 무슨 수가 있겠어?"

"그래도 통화는 해야잖아?"

"그렇긴 하지만……."

그러나 김정한인들 뾰족한 방법이 있을 리 없었다. 전화를 끊는 미래의 목소리에는 힘이 하나도 없었다.

"그냥 돌아오래."

"그렇겠지."

하지만 준은 오기가 치밀었다.

"다시 한번 가보자. 어디 기어오를 데라도 없는지 가서 봐야되겠어."

"그래, 나가자. 이젠 방에만 있는 것도 지쳤어."

준은 핸들을 잡고 마을 외곽을 수십 번이나 돌았다. 그러나 서미온은 묘한 곳이었다. 캠프 데이비드 쪽으로는 어떤 접근도 불가능했다. 준은 차를 세우고 앞을 꽉 막은 산을 한참 쳐다보다 한숨을 푹 내쉬었다.

"아, 저 산으로 올라갈 수만 있다면 얼마나 좋을까?"

준은 몇 번이나 한탄하다 종내는 돌아올 수밖에 없었다. 오는 길은 미래가 핸들을 잡았다.

"아, 정말 방법이 없는 걸까?"

미래 역시 한숨을 내쉬었다. 차가 호텔에 가까워질수록 준의 얼굴은 점점 벌게졌다. 미래는 준의 그러한 모습을 보자 덜컥 겁이 났다.

"너 왜 얼굴이 그렇게 달아올라? 혹시 너……?"

미래의 불안감에 젖은 목소리에 준이 불쑥 내뱉었다.

"돌아가자! 어서 차를 돌려!"

"돌아가다니? 어디로?"

"산으로."

"무슨 소리야? 저 산을 오르겠다는 거야?"

"그래. 산을 넘어가봐야겠어. 밤새 기어오르면 내일 아침에는 캠프 데이비드를 볼 수 있을 거야. 너, 나를 내려주고 호텔에 가 있어."

"큰일날 소리 하지도 마. 네가 네 입으로 그랬잖아. 산을 넘어

가면 틀림없이 붙들릴 거라고 말이야."

"알아! 하지만 이대로 돌아갈 수는 없어!"

"산을 넘어가는 건 절대 안 돼. 틀림없이 붙들리고 말 거야."

준은 미래의 말이 맞다는 것을 알고 있었다. 여기 와서 들은 바로도 서미온은 보통 마을과 다름없지만 산에서부터는 세계에서 가장 삼엄한 경계가 펼쳐진다고 했다.

"네가 붙들리면 너 혼자 붙들리는 게 아니야. 나는 물론이고 한국의 김 선생님까지 모두 붙들려. 그러니 경거망동해서는 절대 안 돼. 그래서 김 선생님도 그냥 돌아오라고 신신당부하신 거야."

"뭐라도 해봐야 돼. 이대로 가기는 정말 싫어!"

"하지만 좀더 기다려보자."

"시간이 없어. 내일 밤이잖아!"

"준아, 마음을 식혀. 바에서 맥주라도 한잔 마시자. 아무리 안타까워도 안 되는 건 안 되는 거야."

준은 할 수 없이 고개를 끄덕였다. 자신이 붙들리면 다른 사람들 역시 무사하지 못하다는 미래의 말을 마냥 무시할 수는 없었다.

미래가 차를 주차장에 대려 하는데 거의 동시에 다른 차 한 대가 같은 공간을 발견하고 주차하려다 미래에게 자리를 양보하려는 듯 손짓했다. 이런 경우 미래는 습관적으로 양보해왔기

때문에 아예 차를 빼 멀리 있는 공간에 주차했다. 그러자 상대
는 손을 들어 고마움을 표했다. 두 사람은 잠시 방에 올라갔다
바로 내려왔다. 스탠드에 앉아 찬 맥주를 몇 모금 들이켜고 있
을 때였다.

"하하, 왜 그렇게 맥빠진 모습이오? 좋은 분들이."

준이 고개를 돌려보니 언제 왔는지 아까 주차장에서 손을 흔
들던 사람이 서 있었다. 삼십대 후반이나 사십대 초반으로 보이
는 사나이는 첫눈에도 인텔리 같은 느낌을 주었다.

"뭘 좀 의논하던 중이었어요."

"아, 그래요? 그럼 내가 방해한 게 아니오?"

"아니에요. 전부터 결론 난 일이니까. 그런데 여기 사세요?"

준은 산에 대한 미련이 남아 사나이가 이곳 주민이라면 이것
저것 묻고 싶었다. 아마 준이 바라는 대답은 누구라도 저 산을
올라가면 대통령 경호팀의 감시를 벗어나지 못한다는 내용일지
도 몰랐다. 그만큼 준은 의무감에 시달리고 있었다.

"아니요. 뉴욕에서 왔소."

"그렇군요."

"두 사람은 어디서 왔소?"

"서울, 한국이오."

"오! 한국. 서울엔 여러 번 갔었소. 다 좋은데 폭탄주는 너무
무서워요."

사내의 우스갯소리에 미래와 준은 소리내어 웃었다.

"서울엔 무슨 일로 갔어요?"

"취재하러 갔었지요. 나는 기자요."

"어느 신문이오?"

"뉴욕 타임스."

사내는 뉴욕 타임스에 대해 상당한 자부심을 갖고 있는 걸로 보였다.

"짐 무어요."

"저는 미래, 여기는 준이에요."

"반갑소."

"휴가 중인 모양이죠?"

"아니, 취재 왔소."

"이 마을에요?"

"캠프 데이비드."

"네? 캠프 데이비드."

"그렇소."

"무슨 중요한 일이라도 있나요?

"내일 오전 캠프 데이비드에서 부시가 선거와 관련된 중요한 발표를 할 예정이오. 그 후 저녁에는 자신의 개인 손님을 초청한다 했소."

"그럼 저녁까지 있나요?"

"아니요. 오전 발표만 듣고 뉴욕으로 돌아가야지. 개인 손님은 취재 대상이 되지 않소."

"……."

준은 갑자기 입을 닫아버렸다. 무언가 좋은 생각이 떠오를 듯 말 듯했다. 준이 무슨 생각인가 하고 있다는 눈치를 챈 미래가 사나이를 상대로 대화를 이어나갔다.

"대통령은 헬기로 이동하고, 기자들은 자동차를 타고 쫓아다니는 모양이죠?"

"그렇소."

사나이는 웃었다.

"내일 오후 대통령 일행이 도착할 때까지 이 마을에서 잠이나 푹 자고 있다 느지막이 일어나 점심 먹고 출발하면 모든 게 꼭 맞소."

"편한 직업이군요. 기자라고는 전혀 생각하지 못했어요."

"왜요?"

"타고 있는 차를 보고서요. 컨버터블이라서."

"하하, 나는 랭글러 팬이오."

"젊은이 취향이군요."

"랭글러는 왠지 동적이고 활발한 느낌이 들어 좋소. 그러면서 힘도 세고."

사나이와 함께 시간을 보낸 두 사람은 방으로 올라왔다. 준은 무척 들떠 있었다.

"미래야, 빨리 준비해."

"아직 나방이 나올 시간이 안 됐어. 좀 더 어두워져야 돼."

두 사람은 이 기적과도 같은 순간에 감사했다. 어둠이 깊어지자 두 사람은 자동차를 타고 나갔다. 인적 없는 가로등 아래에서 준은 준비한 망으로 제법 큰 열 마리의 나방을 포획했다. 미래는 포르말린 용액으로 나방들을 마취시킨 후 능숙한 솜씨로 도청기를 집어넣었다.

　산 정상에 가까운 경계 초소에서 대형 적외선 쌍안경으로 멀리 떨어진 서미온을 살피던 상병은 가로등 아래서 뭔가를 휘두르고 있는 두 사람을 발견하자 초점을 맞춘 뒤 배율을 올렸다.

　"이봐, 쟤들 뭐 하는 거야?"

　쌍안경을 넘겨받은 병장이 한참 보고 있더니 씩 웃었다.

　"나방을 잡고 있는 것 같은데."

　"별 또라이들이 다 있군. 나비도 아닌 나방을 잡고 있다구?"

　"그래. 하지만 또라이라고 단정하지는 마."

　"왜?"

　"나방을 수집하는 애들도 있거든. 본 적이 있어."

　"그래? 어쨌든 보고해야 하지 않을까?"

　"저까짓 걸 뭐 하러 보고해?"

　"상식으로 이해되지 않는 일은 즉각 보고한다. 초병 수칙 잊었어?"

　"바보야! 나방 수집하는 인간들도 있다니까. 넌 나방 잡아본 적 없어?"

“응, 그러고 보니 있었던 것 같기도 하고. 어린 시절에.”

“남들이 안 하는 게 더 재미있어, 원래.”

“그렇기는 해. 훈련소에서 바퀴벌레를 잡아놓고 키웠는데 되게 재미있었어. 근데 놀라 자빠진 건 빈대를 키우는 놈도 있더라니까.”

“그래, 그러니 별거 아냐. 알았지? 별거 아니라구.”

병장은 급한 손길로 곁에 던져두었던 포르노 잡지를 다시 펴 들었다.

어느 정도 시간이 지난 후 상병이 다시 병장을 불렀다.

“야! 쟤들 나방 가지고 차에 들어가 뭐 하는 거 아냐?”

“나방 가지고 뭐 하겠어?”

“그럼 차 안에서 왜 저렇게 오래 있어?”

“섹스라도 하는 거 아냐?”

“글쎄.”

“어디 이리 줘봐.”

병장은 쌍안경을 넘겨받았다가 이내 흥미 없다는 듯 상병에게 넘겼다.

“그건 아닌 것 같은데. 이상한 동양놈들.”

호텔로 돌아오는 자동차 안에서 두 사람은 들뜰 대로 들떠 있었다.

“세상에, 랭글러라니. 천재일우의 기회야. 저 나방들이 언제

깨어나지?"

"아마 곧 깨어날걸."

"음. 포르말린이 그렇게 오래가지 않는구나."

"아주 조금 넣었으니까."

"그래. 그럼 이렇게 하면 되겠다."

"어떻게?"

"일단 이 나방들을 주머니에 넣었다가 저 사람이 출발하기 직전에 다시 한번 포르말린을 주사해. 그리고는 저 사람 차에 넣어두는 거야. 차가 캠프 데이비드에 도착하고 나서야 나방이 깨어나 움직이도록."

"차 뒷좌석 바닥에 던져두면 되겠다."

"그래, 뉴욕 타임스 기자가 양옆이 뻥 뚫린 차를 가지고 나타날 줄 누가 알았겠어?"

그것은 참으로 기막힌 우연이었다,

과연 다음날 짐 무어는 호텔 식당에서 점심을 먹고 있었다. 준은 미래가 건네준 마취된 나방들을 비닐에 싼 채 들고 가 짐 무어의 차 뒷좌석 바닥에 풀어놓고는 아무 일도 없었던 듯 주차장을 가로질러 식당으로 왔다.

"주문했어?"

"응."

미래는 먼저 식당에 앉아 짐 무어의 움직임을 보고 있었다.

"헬로, 미래."

"아, 짐."

"이제 떠날 거요."

"그렇군요. 만나서 반가웠어요."

"나두요."

짐 무어는 식사를 마치자 손을 흔들어 보이고는 나갔다.

"바로 주차장으로 가나?"

"그런가봐."

잠시 후 짐 무어가 자신의 랭글러를 몰고 호텔을 빠져나가는 모습이 눈에 들어오자 두 사람은 주스잔을 들고 건배했다.

"잘될까?"

"글쎄."

워낙 처음부터 난관에 부딪쳤던 터라 두 사람은 자신감을 잃고 있었다.

"하나하나 더듬어보자. 일단 짐 무어는 캠프 데이비드에 들어갈 거 아냐?"

"그렇겠지. 그러려고 여기 왔으니까."

"차를 어디 세울까?"

"주차장에 세우겠지."

"그야 그렇지만 어느 주차장에 세우겠느냔 말이야?"

"그걸 우리가 어떻게 알아?"

"부시가 있는 건물 가까이 세우면 좋겠는데……."

"음, 그건 그렇게 염려 안 해도 될 거야."

"왜?"

"나방이 불빛을 찾아가는 능력은 대단하거든. 아무리 멀리 있어도 나방은 본능에 의해 불빛을 찾아가. 문제는 나방이 찾아가는 캠프 데이비드의 불빛 중 하나가 부시가 있는 공간이냐 아니냐 하는 거지."

"그럴 가능성이 있을까?"

"가능성이야 있지. 나방이 가능성대로 움직여줄지는 모르지만."

"그들이 밖에서 바비큐 파티나 했으면 좋겠다."

"그러면 가능성은 백 퍼센트야. 김 선생님이 도청기의 감도는 세계 최고라 그러셨거든."

"운명은 하늘에, 아니 나방에 맡기고 기다려보자."

차 안의 나방

"짐 무어. 뉴욕 타임스 기자."

"짐, 또 당신이야?"

"그럴 수밖에. 붙박이니까."

"그래도 수색은 해야 돼."

"맘대로 해."

대위는 짐 무어와 농담을 나누면서도 수색은 철저히 시켰다.

"미안하지만 소지품을 여기 모두 담아주겠어요?"

"그래."

짐 무어의 소지품을 일일이 검사한 경비병들은 이번에는 자동차를 뒤졌다. 폭발물 탐지견이 자동차 곳곳에 코를 대고 냄새를 맡자 개를 극도로 싫어하는데다 자신의 자동차를 유난히 아끼는 짐 무어의 인내도 한계에 도달했다.

"이봐? 대위. 정말 이러기야?"

"아, 미안. 미안. 그래도 할 수 없어. 규칙이니까.

"열 번을 봐도 열 번 다 수색하는 게 규칙이야? 인간이 그렇게 멍청한 존재야? 개만도 못한 존재란 말이야? 그래, 규칙의 노예로 평생 살아라! 개만도 못한 놈들."

"이제 됐어. 가."

무어는 유달리 밉상스러운 저놈의 대위는 전근도 안 가나 푸념하며 액셀러레이터를 세게 밟았다.

삐이익!

타이어 마찰음 속으로 경비병의 목소리가 섞여들었다.

"웬 나방이 그렇게 많이 죽어 있어요? 어디 가로등 밑에서 잠이라도 잔 거요?"

시간은 느리게 흘렀다. 두 사람은 호텔방에서 수신기를 켜놓은 채 한없이 느리게 흐르는 시간을 온몸으로 느끼며 기다리고 또 기다렸다.

"벌써 아홉시가 넘었어."

미래가 목멘 소리로 시간을 알렸다.

"그래, 나도 보고 있어."

"실패한 걸까?"

"아직 바깥이 그리 어둡진 않잖아."

"그렇긴 하지만……."

"긴장 풀어."

"네가 더 긴장하고 있는 것 같은데."

"그래, 우리 둘 다 지나치게 긴장하고 있어. 이럴 필요가 없는데. 되면 되고 안 되면 안 되는 건데 말이야."

"그렇게 쉽게 생각하면 좋으련만……."

"오늘이 지나면 모든 게 끝이야. 다시 일정 잡기가 얼마나 어려운 사람들이야."

"그러게 말이야."

두 사람은 불도 켜지 않고 어둠이 찾아오는 속도를 온몸으로 느끼며 앉아 있었다.

"열시야."

준이 참담한 목소리로 실패를 확인하는 선언이라도 하듯 내뱉었다.

"제대로 날아간 나방이 한 마리도 없는 걸까? 처음부터 계획에 무리가 있지는 않았을까?"

준이 계속 조바심치자 미래는 김정한의 계획을 처음부터 되짚어보았다. 그러나 계획 자체에 문제가 있다는 생각이 들지는 않았다.

"아니야, 계획은 충분히 가능성 있는 거였어. 어떻게 생각하면 계획은 가능성이 아주 높은 거야. 컴컴한 산 속에 오직 대통령의 산장만 불을 켜고 있으니 나방을 이용한다는 생각은 아주 좋은 거였어,"

"나도 그런 생각을 했지만……, 이렇게 반응이 없으니 실패로 결론 내려야 하는 거 아냐?"

"글쎄, 왜 이럴까?"

"나방에 포르말린을 너무 많이 주사한 건 아니야?"

"아니야. 실험에 의하면 지금까지 깨어나지 못할 양이 아니야."

"열한시가 다 되어가는데……."

깊은 어둠이 내린 방 안에서 두 사람의 눈동자만 마치 동물의 그것처럼 번득였다. 다음날 아침이면 짐을 싸들고 돌아가야 한다고 생각하자 눈앞에서 흘러가는 일 분 일 초가 안타까워 견딜 수 없었다.

"음, 열한시야."

좀전까지만 해도 혹시나 하는 희망이 묻어 있던 준의 목소리에는 이제 짙은 체념의 그림자가 묻어났다. 준은 의자에서 일어나 창을 열고 하늘을 바라보았다. 한국에서 보던 밤하늘과 크게 다르지 않았다. 다만 좀 확대된 느낌이었다. 같은 별자리들이 같은 모습으로 하늘에서 준을 내려다보고 있었다. 준은 별들이 자신을 비웃는 것 같은 착각에 빠졌다.

"너무 그렇게 비웃지 마! 비록 오늘은 실패하고 돌아가지만 언젠가는 너희들의 속을 샅샅이 파헤치고 말 테니까."

준이 혼잣말로 중얼거리다 말고 번개처럼 뒤를 돌아다보았다. 미래의 날카로운 목소리가 귓전을 파고들었기 때문이었다.

"준아!"

"……"

"여기 좀 봐!"

준이 고개를 돌리자 미래가 손가락으로 수신기를 가리키고 있었다. 어둠 속에서 성냥개비가 다 빠져나가버린 성냥갑처럼 생명을 잃고 있던 수신기에서 비록 미약하나마 신호가 잡히고 있음을 알리는 불빛이 명멸하고 있었다.

"어! 이건?"

"그래. 신호가 잡히고 있다는 얘기야."

"그럼 녹음이 된다는 거잖아?"

"그래."

"언제부터 이랬어?"

"지금 막."

"오오!"

준과 미래는 누가 먼저랄 것도 없이 서로를 껴안았다. 너무나 감격스런 순간이었다. 이제껏 입 밖에 내지는 않았지만 두 사람은 완전한 실패를 자인하고 있었다. 아마 혼자 있었으면 몇백 번이라도 실패라는 말을 내뱉었을 것이지만 상대에 대한 배려로 그 너무나 명백한 단어를 입 밖에 내지 않았을 뿐이었다.

"한 마린가?"

"들어봐야겠어."

미래가 수신기에 리시버를 꽂았다. 한참 듣고 있던 미래가 미간을 찌푸리는 모습을 보이자 준은 가슴이 철렁 내려앉았다. 수신기에 신호가 들어온다고 해서 모든 게 해결되는 것은 아니었다. 열 마리의 나방이 어디에서 누구의 대화를 듣고 있는지는 모를 일이었다.

"뭐가 잘못됐어?"

준은 미래를 방해하지 않으려고 작은 목소리로 물었다. 미래가 급히 손을 내저었다. 미간을 찌푸린 채 한참 듣고 있던 미래의 입가에 미소가 피어올랐다.

"사람들 목소리가 들려. 여러 사람이야."

"여러 사람이라구?"

"회의를 하는 것 같아."

"경비병들의 대화가 아닐까?"

"아니야. 차이나니 노스 코리아니 하는 말들이 나와. 제대로 된 것 같아."

"만세!"

준은 자신도 모르게 만세를 부르며 미래가 내민 리시버를 귀에 꽂았다.

"음, 대단하군."

준의 입에서 신음이 흘러나왔다. 김정한의 도청기는 놀라웠다. 몇 사람이 대화하는 소리가 또렷이 들려왔다.

미래와 준은 언제까지나 수신기의 불빛이 살아 있기를 바라며 숨을 죽이고 어둠 속에서 눈을 빛냈다.

임무 완수

수신기는 새벽이 되어서야 동작을 멈추었다.

"이제 잠자러들 갔나봐."

"그래."

미래와 준은 날이 새도록 계속된 대화를 녹음한 수신기를 조심조심 포장했다.

"우리가 정말 성공한 거야?"

"그렇잖으면 이 수신기의 등이 조금 전까지 점멸하지 않았겠지?"

"아, 허망하다."

"허망하다니?"

"이렇게 임무를 완성하다니 말이야."

미래는 만세를 부르듯 두 팔을 벌려 과장되게 준의 어깨에 매달렸다.

"그래, 허무해!"

두 사람에게는 바로 어제의 일이 마치 오랜 옛날의 추억처럼 느껴졌다.

"짐 무어 기자를 만난 게 기적이었지. 아니면 지금쯤 낙담한 채 한국으로 돌아가는 비행기를 타고 있을지 모를 일이잖아."

"뭔가 내용이 있어야 할 텐데."

"그건 운에 맡기자."

"이제 돌아가야 하나?"

"그래야지."

"나방들의 운명은 어떻게 될까?"

"생명이 다하면 떨어지겠지."

"도청기는?"

"그거야 계속 작동하겠지만……, 참, 혹시 모르니까 수신기를 여기 두고 갈까?"

"무슨 말이야?"

"어차피 별 쓸모 없으니 여기 두고 가잔 말이야. 만약 다시 캠프 데이비드에서 비밀 회합이 있으면 이 수신기에 기록되지 않겠어? 수신기는 사람의 음성만 기록하니까."

"수신기를 어디에 두지?"

"차를 타고 떠날 때 어디 풀밭 같은 데 묻어두면 되지 않을까?"

"그래. 그냥 버리느니 그렇게 하는 게 낫겠다."

아침이 밝아오자 두 사람은 차를 타고 호텔을 떠났다.

교대시간이 되자 캠프 데이비드의 경비병들은 식당에서 온갖 시시콜콜한 얘기들을 나누며 식사를 즐기고 있었다.

"나방도 맛이 있을까?"

"무슨 소리야?"

"나방도 튀기면 먹을 수 있지 않을까?"

"세상에 인간이 못 먹는 건 없다잖아. 나방도 잘 튀기면 맛있을 거야. 올리브 기름으로 튀기면 말이야."

"그런데 갑자기 웬 나방 타령이야."

"어제 어떤 커플이 가로등 밑에서 나방을 잡아 차 안에서 먹더라니까."

"그래? 어떻게 먹어?"

"생걸로 말이야."

"이런, 거짓말쟁이."

"하하하하!"

상병은 즐겁게 웃음을 터뜨리다 표정을 굳혔다. 대위가 아주 이상한 얼굴로 자기 앞에 서 있는 것이었다.

"아, 대위님."

"상병, 지금 한 말 다시 한번 해봐."

"네? 농담이었어요."

"그대로 다시 한번 해봐."

상병은 웃으면서 자신이 했던 농담을 그대로 반복했다.

"정말인가? 그들이 나방을 생으로 먹었어?"

"아닙니다."

"그럼?"

"뭘 했는지는 모릅니다. 하여튼 나방을 잡아 자동차 안으로 들어갔습니다."

"자동차 안에서 얼마나 있었어?"

"어림잡아 삼십 분 정도…… 같습니다."

"왜 보고를 안 했나? 비상식적인 행동은 반드시 보고하라는 수칙을 잊었나?"

"파트너가 나방을 수집하는 사람도 많다길래……."

대위는 서미온의 보안관에게 전화를 하는 동시에 즉각 출동했다. 차 안에서 그는 짐 무어 기자와 연결을 시도했다. 그러나 무어는 휴대폰을 받지 않았다.

"이봐, 상병. 그들의 차가 뭐였어?"

"기억이 잘 안 납니다."

"잘 생각해봐. 차분하게 말이야."

상병은 맞은편에서 오는 차를 보는 순간 기억을 떠올렸다.

"참, 포드 토러스였던 것 같습니다."

하지만 상병은 방금 포드 토러스 한 대가 맞은편에서 달려왔고, 자신은 그 차를 보고 떠올렸다는 말을 하지 않았다.

다섯 대의 헌병 차가 맞은편에서 지나쳤지만 준은 개의치 않았다.

"수신기를 어디쯤에 감추지?"

"이 부근이 괜찮지 않을까?"

"그래."

"그런데 준아, 방금 지나간 헌병 차들은 우리와 상관없겠지?"

"글쎄."

아까는 그냥 지나쳤지만 미래의 말을 듣자 갑자기 불안해진 준은 차를 급히 세우고 풀밭으로 뛰어갔다. 비닐로 싼 수신기를 돌 사이에 감추고 뛰어오는 짧은 순간이 무척 길게 느껴졌다.

자동차에 뛰어오른 준은 액셀러레이터를 깊게 밟았다.

"왜 그래? 갑자기."

"몰라. 왠지 굉장히 불안해졌어. 만약 아까 그 차들이 우리를 목표로 한다면 우리는 끝장이야. 어떻게 빠져나갈 수가 없잖아. 그리고 그 차들이 우리를 목표로 했을 가능성이 아주 큰 것 같아. 이 작은 서미온에 아침부터 저렇게 많이 출동할 일이 뭐 있겠어?"

준의 말에 미래의 가슴도 두근거리기 시작했다.

"아! 준아. 도저히 못 견딜 것 같아."

"우리와 상관없기만을 빌어야지."

준은 액셀러레이터를 최대한 깊이 밟다 갑자기 속도를 뚝 줄였다.

"왜 그래?"

"저 소리 안 들려?"

사이렌 소리가 뒤에서 희미하게 들려오고 있었다.

"어머! 준아, 어떻게 해?"

"몰라. 일단 속력을 줄여야 해."

준은 백미러에 나타나는 순찰차를 보자 모든 게 끝난 걸 로 생각했다.

"미래야! 도청기 남은 거 있니?"

"아니, 어제 다 썼잖아."

"그럼 칩 하나밖에 없는 거야? 수상한 거라곤."

"그래."

"어떡하지? 그걸 버려야 될지 어떻게 해야 할지 모르겠네."

"빨리 결정해. 저들이 가까이 다가오고 있잖아."

"버려! 아, 아니 버리지 마! 버려!"

준은 갈피를 못 잡고 있었다. 미래는 침착하려고 애썼으나 자신도 모르게 온몸이 떨렸다.

"아, 준아. 어떻게 해?"

"버려!"

준이 독기 품은 목소리로 외쳤다. 그러나 이미 몇 대의 순찰차들이 무서운 속도로 다가와 준의 차 앞과 옆을 막고 세우라는 신호를 보내왔다. 준은 온몸의 힘이 쫙 빠져나가는 것을 느꼈다. 최소한 칩이라도 버렸으면 하는 후회가 물밀듯이 밀려왔다. 하지만 지금은 어떻게 할 도리가 없었다.

짐 무어는 차를 몰고 출근하던 중에 자꾸 걸려오는 전화에 짜증이 날 대로 나 있었다. 운전 중 통화를 끔찍이도 싫어하는 그를 아는 사람이면 출근시간대에 그에게 전화하는 것을 피했겠지만 대위가 이런 사정을 알 턱이 없었다. 아니, 알았어도 대위로서는 전화를 할 수밖에 없었을 것이었다.

운전을 하며 아침에 출근하자마자 급히 정리해 넘겨야 할 기사를 머릿속으로 더듬어 나가던 무어는 전화가 쉬지 않고 계속 걸려오자 머리가 지끈거렸다. 좋은 아이디어가 떠올랐다가 사라지기를 벌써 몇 번째 반복하자 무어는 성난 들소처럼 핸들을 홱 꺾어 차를 길가에 붙였다.

"도대체 거기 어디요?"

이렇게 끈질긴 전화라면 특종일 가능성도 있다고 생각한 그는 수화기 건너편의 인물이 자신을 대위라고 밝히자 거의 미칠 지경이 되었다.

"짐 무어 기자, 나 캠프 데이비드의 피터슨 대원데 어제의 그 나방들 말이오."

"……."

"그 차에 죽어 있던 나방들 말이오."

"……."

"무어 기자, 듣고 있소?"

"······."

"그 나방은 본인이 잡은 거요?"

무어 기자는 이 미친 대위가 아침부터 무슨 소리를 하는지 이해할 수 없었다. 아니, 이해할 수 없었을 뿐만 아니라 그는 터져 나오려는 분노를 억지로 참으며 수화기를 귀에 대고 있었다. 하필이면 대위의 목소리가 뉴욕 출신의 무어가 가장 싫어하는 오클라호마 부근 어디께의 누구와 맞먹는 사투리였다.

"무어 기자?"

"말해요!"

"아, 이제 통화가 제대로 되는구먼. 원, 휴대폰이라고 요금만 들입다 받아가면서 통화는 젬병이란 말이야! 안 그래요? 무어 기자! 그런데 운전 중이오?"

"······."

무어는 정말이지 대위를 죽이고 싶었다.

"한국에서 온 젊은 부부가 무어 기자에게 나방을 주지 않았소?"

"야, 이 자식아!"

대위는 깜짝 놀랐다.

"내 나방이야. 알았어? 너 나한테 나방 잡아준 적 있어? 한국에서 받았든, 웬 부부한테 받았든 내 나방이야. 내 나방이니까 금고에 넣어놓든 거실에 모셔두든 상관하지 마. 앞으로 두 번 다시 전화하면 너 죽을 줄 알아!"

무어는 휴대전화를 시트에 내팽개쳤다.

대위는 차에서 내려 준에게 다가갔다.

"당신들이 나방을 잡아 무어 기자에게 주었습니까?"

준은 상황을 파악하려고 애쓰면서 일단 예스라고 대답했다.

"아, 죄송합니다. 방금 무어 기자에게 확인했습니다. 원, 세상에 나방을 수집하는 사람도 있다니! 가셔도 좋습니다."

준과 미래는 도대체 뭐가 어떻게 돌아가는지 몰랐다. 그러나 한 가지 분명한 것은 대위가 정중히 사과하며 가라고 한다는 사실이었다.

뉴욕으로 가는 고속도로에 차를 올리고 나서야 미래의 입에서 긴 한숨이 새어나왔다.

"우리, 완전히 죽었다 살았네."

"뭐가 뭔지 하나도 모르겠다."

"그 무어 기자가 우리에게 나방을 받았다고 거짓말한 걸까?"

"글쎄, 그런 취지 같기는 했는데……."

"정말 기적 같아. 세상에 이런 일이 일어날 수 있어? 순찰차가 다섯 대나 왔는데 말이야."

"그래, 참, 이상한 일이야."

두 사람은 뭔가 알 수 없는 힘이 자신들을 지킨다는 착각마저 드는 듯했다. 여유를 되찾자 미래의 관심은 수신기로 옮아갔다.

"그런데 이 수신기에 담긴 내용은 뭘까? 어떤 내밀한 대화가 담겨 있을까?"

"알 수는 없지만 밤새 작동했으니 뭐라도 결과가 있을 거야."

"그들이 밤새 술을 마시며 잡담이나 늘어놓지는 않았겠지?"

"뭔가 심각한 얘기를 나눈 게 틀림없어. 잠시 우리도 들었잖아."

"제대로 알아듣진 못했지만 마지막에 다시 만나자는 내용이 있던데."

"그래? 그럼 다시 와야 하는 거 아냐?"

"그러면 더욱 좋겠지. 일단 이거라도 들어보면 좋을 텐데."

"듣는 건 좋은데 공연히 잘못 알아들으면 어떻게 해."

"정말 문젠데. 대화 내용이 뭔지 알아야 앞으로 어떻게 행동할지 결정할 수 있을 텐데."

"그렇다고 아무에게나 듣고 한국말로 옮겨달라고 할 수도 없는 일이니……."

"일단 김 선생님께 전화를 드리자."

두 사람은 뉴욕으로 돌아오는 동안 마음이 가벼웠다. 준과 미래는 교대로 운전하며 때로는 다른 차를 맹렬하게 추월하기도 하고 때로는 다른 차에 선뜻 추월을 내주기도 했다.

"이상하다. 왜 그런 기적이 일어난 거지?"

미래는 도저히 실감나지 않는 듯 벌써 몇 번이나 같은 말을 반복하고 있었다. 준은 미래가 그만큼 불안과 긴장에 떨고 있었기 때문이라 생각했다. 그러나 한편으로는 뭔가 석연찮은 구석이 있는 것도 사실이었다. 어쩌면 저들은 뿌리를 찾아내기 위해 줄기에 불과한 자신들을 그냥 보내고 있는 게 아닌가 하는 생각도 들었다.

하지만 그것은 기우였다.

두 사람은 뉴욕으로 돌아와 모텔을 잡자 바로 한국의 김정한에게 전화를 걸었다.

"성공했다는 얘기지. 흐흐흐, 결국 내가 미국을 이긴 거야."

김정한은 평소의 그답지 않게 흥분한 듯했다.

"그런데 대화 내용을 알아야 무얼 어떻게 할지 결정하겠어요. 그들이 다시 만나 얘기를 나누기로 한 것만은 알겠는데……."

"그래? 그것 참……. 잠시 후 내가 전화를 걸 테니까 기다려. 방법을 연구해봐야겠어."

김정한은 준으로부터 전화를 받자 바로 뉴욕의 장 검사가 남긴 번호로 전화를 걸었다.

"장 검사요?"

"네, 김 선생님."

"놀라지 말고 잘 들으시오."

장 검사는 평소와 너무 다른 김정한의 목소리에 잔뜩 긴장했다.

"장 검사가 류 박사에게 들은 대로 북한군을 이라크에 파견하자는 이정서의 아이디어는 부시로부터 전폭적인 환영을 받았소. 그의 재선을 확실히 보장해주는 카드였는데, 부시는 갑자기 양해각서 체결 직전에 전화를 걸어 결정을 취소했소. 그 후 이정서는 베이징에서 살해됐고…… . 장 검사나 나나 전부터 이 결정의 취소와 그의 죽음 사이에는 상관 관계가 있다고 믿어왔잖소."

장 검사는 긴장한 가운데 김정한의 설명에 귀를 기울였다.

"뉴욕의 류 박사가 부시의 일정을 면밀히 조사한 결과, 그가 매우 특별한 사람들과 캠프 데이비드에서 회합을 가진다는 사실을 알아냈고 나는 캠프 데이비드를 도청하는 데 성공했소."

"네? 그게 정말입니까?"

장 검사는 가슴이 뛰는 것을 느끼며 애써 숨을 골랐다.

"지금 두 사람의 젊은이가 뉴욕에서 도청 내용을 담은 메모리 스틱을 갖고 있소. 장 검사의 영어 실력은 어떻소?"

"웬만큼은 자신 있습니다."

"그럼 그 젊은이들과 함께 내용을 들어보시오. 내다시 전화하겠소."

"알겠습니다."

준은 전화벨이 울리자 행여나 남이 들을세라 얼른 받았다.

"전화번호를 하나 적어두어."

"네."

"장민하라는 한국 검사야. 하버드에서 공부한 적이 있는 사람이니까 녹음된 내용을 잘 알아들을 거야."

"믿을 수 있는 분입니까?"

"물론이야. 충분히 믿을 수 있어. 같이 머리를 맞대고 걱정할 수 있는 사람인데다 이정서 사건을 수사하는 검사라 어차피 내용을 알려주려 했어. 연락해봐. 지금 뉴욕에 있으니까."

"알겠습니다."

얼마 후 미래와 준, 장 검사 이렇게 세 사람은 장 검사의 방에서 만났다.

"응, 준, 미래. 김 선생님으로부터 얘기 들었어. 사실은 한국에서 만날 기회도 있었는데 오늘이 처음이 됐군."

장 검사는 두 사람을 알고 있었던 모양인지 친근하게 인사를 건네왔다.

"검사님이라 해서 딱딱한 분인 줄 알았는데 무척 부드러우시군요."

"때가 때인 만큼 인사는 간략하게 줄이고 본론으로 들어가기로 하지."

장 검사는 몇 번이나 반복해 들으며 아예 녹음 내용을 종이에 모두 옮겼다.

녹음은 부시가 세 명의 손님을 맞는 인사로 시작하고 있었다.

"골드먼, 어서 오게. 월렌스키 회장은 살이 좀 붙었군. 비만은 건강에 제일 위험하다는 걸 잘 알 텐데. 모건, 당신은 언제나 날씬하군."

"조지, 판세는 좀 어떤가?"

"오차 범위 내에서 엎치락뒤치락하고 있네."

"잘하리라 믿네."

"한동안 지지율이 거의 십 퍼센트까지 차이가 나는 바람에 가슴이 다 시커멓게 타버렸어."

"힘들었겠군."

"그런데……, 의논하고 싶은 게 있네."

"뭔가?"

"사실 지난번 북한군을 이라크에 파견하려던 계획은 실행되었어야만 했네. 그걸 했더라면 지금쯤 여유 있게 샴페인을 마시고 있을 텐데."

"조지, 지난 일은 생각지 말게."

"어떻게 생각하지 않을 수 있겠나? 자네도 내 입장이 돼보게. 하루하루 피 말리는 싸움을 해보란 말이야."

"조지, 이러지 말게. 설마 싸우려고 우릴 부른 건 아니겠지."

"너무 억울해서 그러네."

"조지, 자네는 가끔 너무 이기적이야. 자신의 재선만 생각한단 말이야."

"확실히 이길 수 있는 걸 못 이겨서 그러지."

"하지만 북한과 악수를 나눌 수는 없는 노릇이야. 그 점은 누구보다 자네가 잘 알고 있잖아."

"일단 내가 재선되고 나면 상황은 다시 바꿀 수 있어."

"조지, 우리는 미국 경제를 다 망가뜨릴 수 있는 위험을 감수할 순 없네."

"하지만……."

"자네는 줄곧 우릴 화나게 하는군. 이보게. 지금 이 나라 미국이 무엇으로 살아가고 있나?"

"자네들의 공을 모르는 바 아닐세."

"조지, 그런 공치사를 듣고자 하는 얘기가 아니네. 아시아의 값싼 노동력과 순수 민간 부문에서만 대결해야 한다고 생각해 보게. 미국은 몇 년 안에 전멸이야. 이런 점에서 보자면 미국은 서글픈 운명을 가진 나라야."

"알고 있네."

"그렇다면 자네도 북한과의 화해가 무얼 말하는지 잘 알 텐데."

"잘 알고 있어."

"그런 것 같지 않아 하는 얘길세. 그건 바로 미국이 맨 마지막 적대 국가를 잃어버린다는 얘기야. 그 결과가 어떻게 될진 짐작할 수 있잖아."

"글쎄, 잘 알고 있다니까!"

"조지, 화내지 말게. 미국은 군수산업이 무너지면 끝이야."

누군가 옆에서 끼어들었다.

"무엇보다도 조지, 지금 의회에 예산을 요구하고 있는 미사일 방어망은 어떻게 할 건가? 자그마치 천억 달러짜리 프로젝트가 날아가버린단 말일세. 그러면 군수업계는 자네하고 끝이야. 물론 자네의 재선도 꿈이지."

"월렌스키, 아아! 정말 미칠 것만 같네."

"자네의 판세가 안 좋은 건 우리도 알아. 그래서 이렇게 오지 않았나. 다른 방법을 연구하세. 하지만 북한과 악수할 생각은 꿈에서라도 하지 말게."

"이봐, 골드먼, 지금이라도 북한군을 이라크에 파견하면 선거는 끝이야. 어떻게 안 되겠나?"

"조지, 자네는 자네의 재선과 미국의 미래를 맞바꾸려 하고 있다니까."

"으음."

모건이 옆에서 거들었다.

"미국은 적이 필요한 나라네. 적이 없어지는 순간, 미국의 군대와 군수산업은 백척간두의 운명에 놓일 것이네."

월렌스키 역시 부시를 달래는 음성으로 말했다.

"미국은 비극적인 운명에 처해 있는 나라야. 세계를 리드하는 기술이 모두 군사 부문에서 나오고 있는 이상한 나라지. 군사적 적대 상황이 종료되는 그 순간, 미국은 병든 강아지처럼 시름시름 앓다 결국 죽음에 처하고 말아. 무슨 말인지 알겠지?"

"……."

골드먼이 징을 박듯 강경한 어조로 내뱉었다.

"북한과 화해하면 당장 천억 달러짜리 미사일 방어 계획이 깨지잖나! 미사일 요격 시스템을 구축해야 할 이유로 내세운 게 바로 북한의 대포동 미사일이니 핵 개발이니 하는 것들 아닌가? 바로 이 미사일 요격 체제에 미국의 항공군수산업은 사활을 걸고 있어. 우선 일차 예산을 바로 자네가 의회에 올려놓은 상황이고 의회에서도 집행을 승인하기 직전이야. 그런데 자네가 철딱서니 없이 북한과 악수를 해버리면 모든 게 다 깨지는데, 그러고도 자네가 재선에 성공할 수 있을 것 같은가?"

"으음."

부시의 음성은 맥이 빠져 있었다.

"너무 기분 나빠하지 말게. 우리도 자넬 위해 선물을 들고 왔으니까."

"……."

"조지, 기운내. 자네 선거에 크게 도움이 될 거야. 대단한 걸로 가져왔으니까."

"그게 뭔가?"

부시의 목소리가 여전히 시큰둥하면서도 약간 밝아졌다. 세계의 자본을 한 손에 쥐고 흔드는 이들이 대단한 선물이라고 한다면 기대되지 않을 수 없었다.

"러시아와 중국이 자네를 지지하도록 하겠네. 그러면 유권자들은 자네의 정책에 훨씬 안정감을 느낄 거야. 테러국 하나 제압한 것보다 훨씬 나을지도 모르지."

"하지만 러시아나 중국이 나를 지지하도록 할 순 없을 텐데."

"방법이 있네."

"방법이 있다구? 그게 뭔가?"

"석유를 이용하는 거네. 두 나라 모두 석유에 목을 매고 있으니까.”

“오오, 대단하군. 그건 정말 대단해. 그걸 자네들이 해줄 텐가?”

부시의 목소리가 아연 활기에 넘쳤다.

“물론.”

“자네들의 이익이 날아갈 텐데.”

“그걸 각오하고 자네에게 주는 선물일세. 파월을 두 나라에 보내게. 석유에 관한 한 우리는 전폭적으로 자네의 뜻을 따르겠다고 두 나라 정상과 통화할 테니까.”

“고맙네. 세계의 자본을 지배하는 자네들이 나를 위해 움직여준다면 내가 자네들을 위해 못할 게 뭐가 있겠나? 그러면 이제 자네들의 조건을 말해보게.”

“그전에 일단 우리의 선물이 효과를 발휘하는지 보고 나서 다시 얘기를 나누세. 그러면 자네의 기분도 한층 나아질 테니까. 어서 파월을 러시아와 중국에 보내게.”

“그러면 닷새 후에 이 자리에서 다시 만날까?”

“그러도록 하지.”

대화는 여기서 끝났다.

“음.”

방 안에는 신음 소리만 들릴 뿐 아무도 입을 열려 하지 않았다. 한참 시간이 지나고 나서야 장 검사가 박수를 쳤다.

“준, 미래. 자네들을 위해 박수를 치지 않을 수 없군. 이런 엄청난 대화를 녹음해온 노력에 감동받았어."

하지만 정작 두 사람은 기뻐하기는커녕 침울한 얼굴이었다. 미래가 화난 목소리로 말했다.

"그랬군요. 저는 이런 줄도 모르고 미국이 북한하고 불가침 약속만 맺어주면 한반도 평화는 해결되는데, 왜 안 해주는지 늘 의문을 가져왔어요."

준은 미간을 찌푸린 채 한참 상념에 젖어 있었다.

"너무 섬뜩한 음모야. 무엇보다 무서운 것은 미국의 북한 침공에 대한 억지력으로 작용할 것으로 믿었던 두 강대국이 석유라는 미국의 새로운 무기 앞에 주저앉을 가능성이 크다는 사실이야. 자, 일단 생각을 정리할 시간을 좀 갖자."

장 검사가 무거운 목소리로 제안하자 준과 미래는 자리에서 일어났다. 세 사람은 일단 충격을 흡수할 시간이 필요한 듯했다.

"두 사람은 어디에 묵고 있어?"

"샌드맨 모텔, 멀지 않은 곳이에요."

"몸조심하고 내일 아침을 같이하자. 조금이라도 이상하거나 불안하면 즉각 나에게 연락해."

녹음 내용을 듣고 난 장 검사는 새삼 두 사람의 신변이 걱정되는 모양이었다.

다음날 만난 장 검사의 표정은 비장했다.

"지금은 이들의 대화를 좀더 듣는 것이 우리나라의 안위에 무엇보다도 중요해. 대한민국의 검사로서 부탁하겠는데, 두 사람 다시 한번 캠프 데이비드에 가줄 수 있어?"

준과 미래 역시 다시 가야 한다고 마음을 굳힌 상태였기에 수월하게 대답했다.

"물론 가려고 해요. 하지만 도청에 성공할지 여부는 반반이에요. 지난번에 성공했던 것은 우연 중의 우연이었어요."

도청에 성공하게 된 곡절을 듣고 난 장 검사는 무릎을 쳤다.

"세상에! 나방으로 도청을 하다니!"

"지금은 도청기도 없거니와 다시 나방을 잡을 수도 없어요. 다시 그런 기적이 일어나길 바랄 수는 없으니까요. 우리는 가서 숨겨둔 수신기를 가져오는 것밖엔 할 게 없어요. 따라서 유일한 희망은 그 나방이 계속 그 자리에 있어주는 거예요."

"으음. 제발 그래주기를 바랄 수밖에 없겠군."

장 검사의 목소리에는 간절한 바람이 스며들어 있었다.

모스크바와 베이징

러시아 대통령은 눈앞에 앉아 있는 이 흑인이야말로 미국의
대통령감이라 생각하고 있었다. 그는 인종이 모든 것을 결정하
는 미국 사회에서 입지전적으로 자신을 키워온 것 외에도 미래
에 대한 비전이 확고했고, 무엇보다 세계가 어떤 형태로 가야 하
느냐 하는 문제에 대한 접근법이 이성적이었다.

"대통령 각하의 조찬기도회는 여전한가요?"

파월은 러시아의 대통령이 부시를 비아냥거린다는 것을 바로
알아챘지만 부드럽게 대꾸했다.

"이제 모두들 아침을 맛있게 먹습니다."

"하하, 하느님이 메뉴까지 통일해주셨나요?"

푸틴 대통령은 부시가 자신의 종교적 신념에 따라 세계 정책

을 꾸려나가는 걸 한없이 비웃고 있었다. 기독교적 열정으로 가득 채워진 부시의 적은 단연코 이슬람 국가이거나 북한과 같은 종교 탄압국이었다. 실제 부시는 이런 마음에 들지 않는 나라들의 멸망을 기도를 통해 하느님에게 약속했다는 소문도 떠돌고 있었다.

"대통령 각하의 아침기도회는 퍽 생산적입니다."

푸틴이 지나칠 정도로 부시를 비꼰다는 생각이 들자 파월은 정색을 하고 말했다. 그러나 푸틴은 고집 있는 사람이었다.

"김정일에게 기독교로 개종하라고 전화할 작정이오. 그러면 부시는 폭탄 대신 선물을 싸줄 테지. 하하하."

푸틴은 즐거웠다. 파월이 무슨 목적으로 왔는지 훤히 꿰뚫어 보고 있는 그는 이번이야말로 그동안 맺힌 감정을 다 풀어버릴 기회라 생각하고 있음이 확실했다.

"대통령 각하, 사실은 일본이 문제입니다."

파월은 이쯤에서 본론으로 들어가지 않으면 자리가 우습게 될 수 있겠다는 생각이 들어 바로 얘기를 꺼냈다. 이 총명하고 젊은 대통령에게는 조금은 색다른 각도에서의 대화가 필요했다.

"하하, 귀하는 언제나 사람의 귀를 여는 재주가 있는 것 같소. 그래, 일본이 무슨 문젭니까?"

"제인 디펜스에서 지적하기를 이제 일본은 러시아를 저만치 뒤로 따돌렸다고 하더군요. 군사력에서 말입니다."

"그렇소? 일본인들이 돈을 좀 쓴 모양이군."

푸틴은 별로 개의치 않는 듯했다.

"일본이 강해지면 아마 각하의 기분도 별로 좋지 않을 것 같은데요."

"그야 그렇겠지. 그러나 일본이 어찌 감히 러시아에 총부리를 들이대겠소? 이 지구가 망하는 그날까지 말이오?"

푸틴은 지구 종말의 날을 언급함으로써 은근히 러시아의 핵을 암시했다.

"북한이 핵을 보유한다면 당연히 일본도 보유합니다. 그런데 그 수준이 중국하고는 크게 다르겠죠."

"파월 장관, 아니 한 번 대통령이라고 불러보고 싶소. 이 자리에는 우리 둘뿐이니까 그렇게 부르는 게 어떻겠소? 사실 부시보다는 귀하가 더 대통령 같단 말이오."

"각하, 설마 저를 쫓아내려는 건 아니겠죠?"

"하하, 그럴 리가. 그래도 난 이성적인 사람들과 세계를 경영하고 싶단 말이오. 어쨌든 당신은 지금 북한을 고립시키는 데 있어 나의 동의와 협조를 구하고자 찾아온 것 아니오?"

"바로 그렇습니다. 북한의 핵을 막아야 일본의 핵을 막습니다. 만약 북한과 일본이 핵을 보유하면 바로 한국과 타이완이 따라서 핵 개발을 할 테고 결국은 동남아 전체로 퍼집니다."

"그거야 당신네 미국이 가장 싫어하는 현실이잖소?"

"러시아도 마찬가집니다."

"음."

"시발점은 북한입니다. 그리고 북한의 핵 보유에 대한 결론은 하나뿐입니다."

"아직 대화의 여지가 있잖소?"

"미국 정부는 이미 결론을 내렸습니다. 핵 포기의 그날까지 북한은 완전히 고립시킬 것입니다."

"6자 회담을 잘하다 갑자기 왜 이러는 거요?"

"6자 회담은 우리 미국에는 아무 의미가 없습니다. 북한은 6자 회담을 빌미로 시간을 벌고만 있습니다."

"하하, 우리는 북한의 핵 보유를 요원하다고 보고 있소."

"그렇진 않습니다. 북한의 고립화는 반드시 필요합니다."

"흐음."

노련한 전략가 푸틴은 속으로는 무서운 속도로 머리를 회전하고 있었다. 이 사람 파월을 맞아 어떤 태도를 보여야 옳을지 시원한 답이 나오지 않았다. 파월은 푸틴이 비록 총명하긴 하지만 선택할 수 있는 카드가 별로 없다는 것을 알고 있는지라 한마디 한마디에 자신감이 배어 있었다. 그는 지금이 결정적 카드를 날릴 때라는 걸 잘 알고 있었다.

"러시아가 동의하지 않을 경우, 우리는 유가를 한없이 떨어뜨릴 겁니다. 그게 러시아에 어떤 결과를 가지고 올지는 각하께서 너무도 잘 아실 겁니다."

"석유를?"

"그렇습니다."

"하지만 이제 미국이 마음대로 석유 가격을 좌지우지하기는 어려울 텐데. 산유국들은 더 이상 미국의 푸들로 머무르려 하지 않는단 말이오."

"잘 알고 있습니다. 하지만 산유국들의 감산 결정은 스탠더드 오일, 브리티시 페트롤리움, 엑슨 모빌 등의 지지를 받아야 가능하다는 사실도 잘 아실 텐데요."

"하지만 그들이 자신들의 이익을 희생하면서까지 산유국을 압박할 것 같소? 그들은 미국의 편이 아니라 산유국의 편이란 말이오."

푸틴이 말할 수 있는 것은 거기까지였다. 아니, 푸틴의 말은 오히려 파월을 도와주는 데 불과했다. 푸틴은 이미 파월이 도착하기 전에 석유 메이저들로부터 파월과 긍정적인 대화를 나누라는 전화를 받은 상태였다.

푸틴은 순간적으로 불쾌했다. 미국이 석유로 자신을 압박해 오는 상황은 이미 이라크 전쟁 전부터 염려하던 부분이었다.

"각하, 협조해주십시오. 각하가 협조하면 앞으로 우리는 고가의 석유 정책을 유지합니다."

"파월, 오늘 나에게 정확하게 원하는 게 뭐요?"

"거래입니다. 우리는 국제 석유가를 고가로 유지해주고, 각하는 부시 대통령을 지지하는 겁니다."

"음."

푸틴의 신음을 뒤로 하고 파월은 자리에서 일어났다.

파월이 나간 뒤에도 푸틴은 자리에 앉아 곰곰이 계산에 몰두했다. 미국이 북한을 고립시키는 것은 더없이 기분 나쁜 일이었지만 파월의 공갈도 만만치 않았다. 특히 신경 쓰이는 것은 석유였다. 몇 년간 러시아는 석유 수출에 힘입어 해가 다르게 경제 규모가 팽창하는 중이었다. 부시는 기분 좋게 석유 가격을 짭짤하게 유지시켜주었고, 자신은 이에 대한 감사의 표시로 웬만하면 부시와 맞서지 않고 지내오는 중이었다.

만약 유가가 큰 폭으로 떨어지면 시장경제로 전환하는 와중에 있는 러시아 경제는 파탄에 봉착할 것이 뻔했다. 그렇다면 대파국이었다. 뿐만 아니라 자신의 정치 생명도 커다란 위기를 맞을 것이었다. 푸틴에게는 자신의 위대한 조국 러시아가 시간이 갈수록 자꾸 미국의 저만치 아래로 내려앉는 모습이 보였다. 그러나 참아야 한다. 푸틴은 인내의 힘을 누구보다 잘 아는 사람이었다. 잠시의 화를 참지 못해 역사의 나락으로 떨어진 사람들은 셀 수도 없이 많다는 걸 알았다.

푸틴은 자리에서 일어나 화장실로 들어갔다. 거기서 그는 거울을 보며 몇 번이나 심호흡을 했다. 이윽고 평정을 회복한 그는 집무실의 의자에 앉았다.

"예프신을 연결해."

잠시 후 예프신이 나오자 푸틴은 신중한 목소리로 물었다.

"북한과 석유를 거래하자고 파월이 왔는데 어떻게 하는 게 좋지?"

푸틴의 두뇌 예프신은 부지불식간의 질문임에도 곧바로 대답했다.

"단연코 석유입니다. 북한은 미국이 손대는 데 한계가 있다는 건 각하도 잘 알지 않습니까?"

"그건 알지만……, 기분이 나빠서 그래."

"압니다. 하지만 지금은 힘을 쌓으며 기다릴 때입니다. 미국은 어쩌면 제 손으로 제 무덤을 파는 건지도 모릅니다."

"그건 왜 그래?"

"그들은 한국인들을 경시하고 있습니다. 한국인들은 오천 년간이나 같이 살아온 단일민족입니다. 미국은 북한을 고립시키든 침공하든 한국인들의 수중에 넘겨주지 않기 위해 온갖 술수를 다 짜내겠지만 한국인들의 민족의식은 그리 만만치 않습니다. 게다가 중국이 작용합니다. 미국은 모든 힘을 중국 견제에 쏟고 있지만 언젠가는 터집니다. 유인 로켓을 보셨겠지만 중국의 힘은 이미 대단합니다. 일본이 늘 실패하던 로켓을 중국이 성공시켰단 말입니다. 이제 중국이 핵을 앞세워 미국과 대등하게 설 날도 머지않았습니다."

"우선 미국이 하자는 대로 해주란 말이지?"

"절대적입니다."

"알았어. 내 생각도 그래."

파월은 모스크바를 떠나며 푸틴과의 담판은 성공적이라고 자평했다. 푸틴은 조심스럽겠지만 은연중 부시를 지지할 것이었다. 베이징으로 향하는 파월은, 중국을 설득하는 것이 러시아를 설득하는 것보다 훨씬 더 힘들 것이라 짐작했다. 하지만 중국에 대해서도 미국은 얼마든지 카드가 있었다. 무엇보다 확률이 높은 카드는 역시 석유였다.

후 진타오는 파월을 보자 따발총 세례를 퍼부어댔다. 그것은 후 진타오의 계산에 의한 행동이었다.

"이보시오, 파월 장관. 정보에 의하면 당신들은 더 이상 6자 회담에 중요성을 두지 않는다고 하는데, 맞는 정보요?"

"그렇습니다."

"그럼 이제껏 6자 회담은 뭐 하러 했소? 가만 보면 언제나 약속을 깨는 건 당신네 미국이오. 닉슨이 찾아왔을 때 미국과 우리 사이에는 분명히 약조를 맺었소. 타이완은 중국의 영토라고 말이오. 그런데 당신들은 그 약속을 깨고 타이완 뒤에 미국이 있다는 식으로 나오니까 천 수이볜이란 놈이 타이완 독립 어쩌구 하고 나오는 거 아니오? 또 김정일이가 저렇게 나오는 것도 따지고 보면 당신들이 제네바 합의를 이행하지 않았기 때문 아니오? 약속을 지키기는커녕 악의 축이니 깡패 국가니 하면서 몰아세우니 그들이 코너에 몰리는 건 당연하잖소? 그러니 그들도 살기 위해 핵에 목을 매는 것 아니오? 도대체 당신네 미국의 목표는 뭐요? 평화를 지키자는 거요? 깨자는 거요?"

"물론 지키자는 겁니다."

"그런데 이 세상 모든 전쟁에는 왜 항상 미국이 들어가 있소? 북한 핵도 당신네들이 침공 않겠다고 약속만 하면 스스로 폐기한다고 하지 않소? 그걸 왜 굳이 고립이니 폭격이니 해야 한단 말이오?"

"그들의 약속을 믿을 수 없기 때문입니다."

"우리 중국, 러시아, 유럽연합, 일본, 한국, 당신네 미국, 유엔, 제3세계 대표국들이 보증하면 되지 않소? 이런 나라들은 모두 기꺼이 보증을 설 거요. 그런데 뭘 못 믿는다는 거요? 도대체."

"미국은 미국만의 길이 있고 미국만의 방식이 있습니다. 우리는 그런 원칙에 의거해 일을 합니다."

"다 좋은데 고립이나 폭격을 하면 당장 사람들이 죽잖소? 도대체 핵확산금지조약이란 게 뭐요? 이미 핵을 가진 나라들은 핵이나 무력으로 핵을 갖지 못한 나라들을 협박하지 않겠다, 그러니 당신들은 핵 개발을 하지 말라는 얘기 아니오? 그런데 지금 당신네가 하는 행태를 보아서는 자꾸 핵을 개발하라고 부추기는 것 같단 말이오."

"하여튼 주석 각하, 당분간은 협조해주셔야 하겠습니다."

"여보시오, 당신네가 북한을 고립시키는데 우리가 팔짱을 끼고 앉아 있다면 우리 체면은 뭐가 되겠소? 그건 마치 우리가 캐나다를 고립시킬 테니 미국보고 협조하라는 것과 같지 않소?"

후 진타오는 맹렬한 기세로 파월을 몰아붙였다.

파월은 후 진타오의 말을 일일이 받아주다 보면 안 되겠다는 생각을 했는지 정색을 하며 심중에 담아두었던 말을 꺼냈다.

"주석 각하, 우리는 앞으로 중국의 석유 수요가 엄청난 속도로 늘어날 것으로 보고 있습니다. 경제 발전의 당연한 귀결이죠."

"왜 말을 돌리려 하시오?"

후 진타오는 얼마 전 받았던 석유 메이저들의 전화를 떠올렸다. 파월과 의미 있는 대화를 나누기 바란다는 점잖은 대화였지만 부담스럽기 짝이 없는 전화였다. 파월은 비록 고른 목소리로 말을 이어나갔지만 중국의 최대 약점인 석유를 들고 나왔다.

"지금 세계에서 석유를 가장 많이 수입하는 나라가 바로 중국입니다."

파월의 이 한마디는 후 진타오의 말문을 꽉 막아버렸다.

"앞으로도 지금과는 비교도 안 되게 많은 석유를 수입해야 합니다. 따라서 오일 쇼크가 오면 중국의 경제는 순식간에 나락으로 떨어집니다."

후 진타오는 갑자기 궁색해졌지만 파월의 공격을 막으려는 의도로 적절한 말을 구해냈다.

"때문에 세계가 합심해서 석유 가격 안정을 위해 애쓰잖소?"

"하지만 석유 가격은 무조건 내리누르는 것만이 상책이 아닙니다. 잘 아시겠지만."

후 진타오는 입술을 깨물었다. 어려운 대화가 시작되고 있는 것이었다.

"그래서요?"

"솔직히 말씀드리자면, 우리가 이라크를 공격한 것은 석유 때문입니다."

"그거야 삼척동자도 아는 사실 아니오?"

"부시 대통령은 중국 경제의 안정을 위해 상당 기간 석유를 저가로 묶어둘 용의가 있습니다. 산유국들이 떼를 쓰지 못하도록 하려는 겁니다."

"……."

"러시아와 중동 산유국들은 지금 유가를 올리기 위해 거듭 비밀 회동을 하고 있는 중입니다. 그들은 앞으로 계속 고유가를 유지할 수 있는 단결 방안을 모색하고 있습니다. 미국은 전 세계로부터 욕을 먹으며 이라크를 장악했는데 그 이유는 러시아와 산유국들이 휘두르는 기름으로부터 시장경제를 지키기 위해서였습니다."

"……."

후 진타오는 속으로 분을 삼켰다. 그의 머릿속에는 하루 빨리 군비 확장을 해야 한다는 생각뿐이었다. 미국이 이라크를 침공하는 그 순간부터 이런 일이 올 것을 염려했지만 우려는 너무 빨리 현실로 다가왔다. 미국이 기름을 들고 나오는 순간부터 중국은 꿀 먹은 벙어리처럼 미국이 하자는 대로 할 수밖에 없었다.

"그들은 제3차 오일 쇼크를 준비하고 있습니다. 중국의 생명

줄을 잡아 흔드는 겁니다. 그러나 미국은 그들의 음모를 좌시하지 않을 겁니다. 이제 중국에도 우리의 기업이 많이 진출해 있고 중국도 지구상의 매우 중요한 시장경제국가입니다. 미국과 중국은 같이 가야 합니다. 주석 각하, 이번 선거에는 협조해주셔야 하겠습니다.”

비록 잔잔했으나 파월의 협박은 중국의 주석을 한껏 흔들어 놨다.

“석유라……..”

“그렇습니다. 석유는 중국의 사활이 걸린 문제입니다.”

점잖은 파월이지만 그가 들고 나온 무기는 후 진타오의 맹렬한 기세를 단번에 누르고 그로 하여금 한없는 고민을 하도록 만들었다.

옥중 결혼

준과 미래는 캠프 데이비드의 회합을 기다리는 동안 장 검사와 친해졌다.

"검사, 그중에서도 공안검사라 가까이하기가 너무 힘들 줄 알았는데 이젠 멀리하기가 힘들겠어요."

장 검사는 빙그레 웃었다.

"고마워. 그나저나 나방이 그 자리에 있어줘야 할 텐데."

장 검사는 말하면서 미래의 얼굴을 쳐다봤다. 무슨 말이든 애타게 기다리는 표정이었다. 미래는 자신의 얼굴에 꽂히는 장 검사의 시선이 무얼 말하는지 너무도 잘 알고 있었다. 사실 전에는 지금처럼 중압감을 느끼지 않았지만 이제 그 도청 내용이 무언지 안 이상 긴장되지 않을 수 없었다.

준이 벌써 몇 번이나 반복했던 그 질문을 또 입 밖으로 끄집어 냈다.

"수신기에 문제 있을 일은 없겠지?"

"글쎄. 기계에 대해선 네가 더 잘 알잖아? 어쨌든 전공이 전자 공학이니까."

준은 고개를 끄덕였다.

"응, 수신기에 문제 있을 일은 없어. 물이 스며들지 않게 잘 싸서 안전한 곳에 숨겨두었으니까. 사람의 음성만 녹음하기 때문에 배터리도 충분할 거고. 문제는 나방이지."

준이 이번엔 네 차례라는 듯 미래의 얼굴에 시선을 꽂았다.

"희망이 없는 편은 아니야. 나방은 특별한 자극이 없으면 그냥 그 자리에 머무는 경우가 많으니까."

"무슨 소리야? 좀 알아듣기 쉽게 얘기해줘."

"그러니까 주변에 다른 불빛이 없는 상황이라면 나방은 밤새 그 부근에서 날아다니다 햇빛이 나면 꼼짝 안 하고 가장 가까운 자리에 몸을 붙이고 쉰단 말이야. 그 자리에서 다시 밤이 될 때까지. 주변의 지형지물이 어떤가에 따라 차이는 있지만."

"제발 그 자리에 있었으면 좋겠다."

"주변에 워낙 불빛이 없으니 기대해볼 만도 한데⋯⋯."

캠프 데이비드의 도청은 처음부터 끝까지 나방에 그 성패가 달려 있었다.

"그런데 저들의 대화를 들었다 하더라도 현실적으로 무슨 일을 해야 할지 모르겠어요."

준의 말에 장 검사는 묵묵히 생각에 잠기는 듯했다.

"그들이 그런다 해서 우리 한국인들이 할 일은 없잖아요."

장 검사는 한참 무얼 생각하다 뒤늦게 대답했다.

"그렇진 않아. 저들의 대화 내용에 따라 뭔가 할 일이 있을 수 있다는 생각도 들어. 여기서 말이야."

"네? 여기는 미국인데요?"

"미국인들 모두가 부시 일파처럼 패권적 사고를 갖고 있는 것은 아니야. 단지 예감인데 이번 도청이 잘되면 부시를 완전히 잠재울 수 있을 것 같다는 생각도 들어."

"좋은 방법이 있는 모양이죠?"

"지금 그들의 대화는 부도덕한 거야. 물론 그것이 국제 관계의 본질이지만 이용하기에 따라서는 대단한 폭발력이 있어."

장 검사는 자못 기대되는 모양이었다.

두 사람이 캠프 데이비드로 떠나는 아침, 장 검사는 불안한 기색으로 물었다.

"내가 같이 가는 게 도움이 될까?"

"안 가시는 게 더 안전해요."

"그런 면도 있겠지."

"자칫 잘못되면 장 검사님 때문에 걷잡을 수 없는 사태가 발생할 거예요."

준은 로버트 김을 떠올렸다. 그때는 대사관의 무관이 관련됐지만 이번에 잘못된다면 한국에서 온 현직 검사가 관련되는 터라 그때와는 비교도 안 될 터였다.

"오히려 숨어 계셔야 돼요. 모든 것이 안전하다고 확인될 때까지 말이에요."

"나는 그렇게 생각하지 않아. 일단 이들이 이런 생각을 가지고 있는 것을 안 이상 거리낄 것도, 두려울 것도 없어. 나는 한평생 정의를 수호하고 살아갈 거라 다짐해왔는데 이 일을 잘하는 것이 정의야. 발각되더라도 나와 준, 미래는 말할 것도 없고 우리나라도 떳떳하지 못할 것이 없어. 불의를 깨는 것이 정의니까."

"역시 검사님이라 그런지 말에 힘이 있으시네요. 한결 자신감이 생겨요."

"자신감은 좋지만 워낙 위험한 일이라 불안감이 사라지지 않는군."

"걱정 마세요. 가서 숨겨놓은 수신기만 가지고 오면 되는데요 뭘. 지금 제 관심은 과연 나방이 제자리에 있었을까 하는 것뿐이에요."

"그들이 지난밤의 약속을 바꾸거나 하지는 않았겠지?"

준은 별게 다 조바심이 나는 모양이었다.

"거물들인데다 매우 중요한 대화였으니 그런 일은 없을 것 같은데……."

장 검사가 뒤를 받쳐줘서 그런지 두 사람은 처음보다 한결 든

든한 마음으로 차를 몰았다. 고속도로는 상쾌했다.

"미국에 와서 가장 마음 놓일 때가 바로 운전할 때야."

"사실은 나도 그래."

누가 뭐라고 얘기한 것은 아니지만 두 사람은 내심 상당한 긴장과 불안에 시달리고 있었다. 운전할 때만큼은 운전이라는 진지한 작업에 열중하고 있어 오히려 불안감이 사라졌다.

"자꾸 붙들리는 생각을 하게 되는 것은 어쩔 수 없나봐."

"붙들리면 옥중 결혼하지 뭐."

"또 시작이다."

미래는 준이 자신의 불안감을 달래주려고 일부러 그런 얘기를 하는 줄은 알았지만 자신도 모르게 준의 말대로 옥중 결혼하는 장면을 떠올렸다.

"옥중 결혼은 그냥 죄수복을 입고 하나?"

"그렇겠지."

"어머, 싫어라!"

"옷이 무슨 소용이야. 사람이 중요하지."

"그렇긴 하지만……, 그래도 결혼식인데."

"염려 마, 그들도 첫날밤은 치르게 해줄 거야."

"어머! 얘가 자꾸 날 놀리네."

웃으며 대화를 하고 있지만 두 사람은 전혀 즐겁지 않았다. 말할 수 없는 불안감이 어깨를 묵직하게 눌러왔다.

16787977397375350132322782278879652997921537961751362967851275645872945k
5679152775b85256b8591568792501265835479152775b8525b68591568792501k24
527568525b6b8591568792501265835479152775b8525b68591568792501265835479152
15275b8525b68591568792501265835479152775b8525b68591568792501k24
527568525b6b8591568792501265835479152775b8525b68591568792501k24
52568591568792501265835479152775b8525b68592501k24835479152775b85256b8592
91527568525b6b8591568792501265835379109479152775b8525b6b8591568792501k24
56835479152775b8525b8591568792501265835479152775b8525b68591568792501265835479152775
9k5687920126835479152775b8525b68591568792501k24835479152775b85256
79250126835479152775b8525b68591568792501k26835347
52568591568792501265835479152775b8525b68591568792501k

자동차가 서미온에 가까이 다가갈수록 두 사람의 긴장은 더
해졌다. 특히 미래가 더했다.

"어디 화장실이 없을까?"

"또 가게?"

"응, 급해."

"음, 어떡하지?"

"마을로 들어가는 건 위험할 것 같아."

준도 고개를 끄덕였다. 최선의 방법은 마을에 들어가지 않고
수신기를 찾아 바로 뉴욕으로 돌아가는 것이었다.

"참을게."

다행히 조금 가다 보니 휴게소가 있었다.

"저기 차를 댈 테니까 빨리 화장실만 갔다 와."

"미안해."

"무슨 소리야."

미래가 화장실에 간 동안 준의 긴장감은 극도에 달했다. 준은 주먹을 꽉 쥐며 애써 긴장을 눌렀다. 미래가 나오는 것이 보이자 준은 차를 미래 앞으로 갖다 댔다.

"괜찮아?"

미래는 시트에 기대며 말없이 고개를 끄덕였다. 차가 휴게소 밖으로 벗어나자 어디서 나타났는지 순찰차 한 대가 느린 속도로 뒤를 따라왔다. 준은 차의 속도를 줄였다. 처음과는 달리 말할 수 없는 긴장이 계속 밀려왔다. 아무 일도 없을 거라고 수십 번 스스로에게 다짐했지만 불안은 알 수 없는 곳으로부터 계속해서 밀물처럼 밀려왔다.

"모든 게 너무 떨려. 아무것도 한 게 없을 때는 붙들린들 어떠랴 했는데 말이야."

"괜찮아, 아무 일 없을 거야. 괜히 긴장해서 그래. 봐, 저 차 그냥 가잖아."

이상하게도 오늘따라 지나치는 모든 차들이 전부 두 사람을 보는 것 같았다.

"저 차는 왜 저기 서 있지? 길가에 말이야."

"차 세우고 물어볼까?"

그러나 미래는 준의 농담에도 웃지 않았다.

"뒤차는 왜 저렇게 바짝 붙어서 오는 거지?"

"응, 별로 붙지 않았어. 저 정도면 정상이야."

준은 지난번 그런 일이 있어서 그런지 미래가 너무 불안해한다는 생각이 들었다. 이럴 때는 가벼운 위로보다 엄숙한 사명감을 느끼도록 하는 게 더 낫다는 생각이 들었다.

"미래야, 우리 녹음 들었지만 엄청난 내용이었잖아. 이번에도 어쩌면 한반도의 운명을 가를 그런 내용의 대화를 포착하게 될지도 몰라. 그러니 지금 우리가 이런 정도 위험을 겪는 건 당연해."

준이 애써 의미를 불어넣었다.

"그래, 알아. 하지만 너무 불안해. 꼭 저들이 어딘가 숨어서 지켜보고 있을 것만 같아."

그것은 준도 벌써부터 갖고 있던 불안이었다. 어디선가 수많은 눈동자들이 지켜보고 있다가 수신기를 손에 잡는 순간, 갑자기 나타나 자신들을 연행할 것만 같았다. 그러면 인생은 끝이었다.

"저기가 수신기를 묻어놓은 곳 같은데……."

"그래. 나도 그런 것 같아."

"빨리 찾아."

"저기가 정확해?"

"그래. 저기야."

준은 차를 길가에 대자마자 번개처럼 뛰어내렸고 그 뒤를 미래가 따랐다.

"여기에 묻었지?"

"그래. 거기야. 빨리 파봐."

준이 양손으로 흙을 헤치자 수신기는 비닐에 싸인 채 처음 그 모습 그대로 드러났다.

"오오!"

"어서 가자!"

감격스런 순간이었다. 일단 수신기가 그 자리에 있다는 것만으로도 말할 수 없는 감동이 밀려왔다. 두 사람은 정신없이 뛰어 자동차로 되돌아왔다. 준은 액셀러레이터를 깊게 밟았다. 일단 이 자리를 멀리 벗어나야만 할 것 같았다.

"어머, 준아. 뒤를 봐!"

"음."

준은 머리가 쭈뼛 서는 것 같았다. 바로 뒤에 경광등을 번쩍이며 경찰차가 서너 대나 따라오고 있었다. 다시 지난번과 같은 기적을 기대할 수는 없는 일이었다. 드디어 올 것이 오고야 말았다는 생각에 준은 차를 세웠다. 준은 세 대의 경찰차가 모두 뒤에 멈추어 선 것을 보고 천천히 창문을 열었다. 수신기를 반대편 창으로 던져버릴까도 생각해보았지만 상황은 모두 끝난 뒤였다. 미래는 자기도 모르게 준에게 매달렸다.

"면허증 봅시다."

준은 미래의 몸을 떼어놓으며 주머니에서 국제운전면허증을 꺼냈다.

"속도 위반이오. 도대체 왜 그렇게 몰아댄 거요?"

"네? 속도 위반이라구요?"

"음, 방문객이군. 벌금이 얼만지 아시오?"

준은 고개를 가로저었다. 경관은 차 안을 들여다보다가 질려 있는 미래의 표정을 보고는 어디 아픈가를 물었다. 준은 순간적으로 머리를 굴려 그렇다고 대답했다.

"좋소. 이번 한 번은 봐줄 테니 앞으로 조심하시오."

준은 안도의 한숨을 내쉬며 면허증을 돌려주는 경찰관에게 질문할 여유까지 찾았다.

"그런데 왜 경찰차가 세 대나 따라온 겁니까?"

"우린 이웃 도시로 교육받으러 가는 중이었소. 당신 때문에 자칫하면 지각할지 모르겠어."

준과 미래는 다시 한번 누가 먼저랄 것 없이 서로를 껴안았다. 준은 그 와중에도 명멸하는 수신기에 눈길을 보냈다. 수신기가 계속 작동하고 있다는 신호였다.

"뭐야, 지금도 뭔가가 녹음되고 있는 거야?"

"일단 그냥 두자."

"그래!"

어쨌든 수신기는 작동되고 있었다.

"만세!"

준이 자신도 모르게 두 손을 들고 고함을 질렀다.

"준아! 우린 해냈어!"

미래도 마음껏 외쳤다.

"믿을 수 있소?"

가래 섞인 탁한 목소리에 캠프 데이비드의 한 고목 밑에 모인 삼십여 명은 모두 고개를 가로저었다.

"지금은 산장의 모든 통신기기를 다 끈 상태요. 그런데 여기 떨어져 죽은 나방의 몸에서 희미한 전파가 흘러나가고 있소. 즉 나방이 전화를 걸고 있단 말이오. 이건 무엇을 말하는 거요?"

사람들 사이에서 웅성거리는 소리가 들렸다. 탁한 목소리의 사나이가 비닐 장갑을 끼고 몸을 굽혀 나방을 집어들었다. 그리고는 날개부터 다리까지 하나씩 뜯어냈다. 마지막으로 그가 손가락에 힘을 주자 나방은 완전히 분해되고 말랑말랑한 플라스틱 물체가 나왔다.

"이거요."

탁한 목소리는 잠시 말을 끊었다.

"아마 캠프 데이비드는 도청당했을 거요."

타타타타.

사람들이 웅성거리는 위로 공기를 찢는 헬리콥터의 날개음이 들렸다. 세 대의 헬리콥터가 동시에 착륙하면서 검은색 정장을 한 사람들이 긴장한 얼굴로 지상에 발을 디뎠다.

"FBI의 잭슨이오. 이번 사건을 전담할 거요. 모든 보도를 차단하고 철저한 보안을 유지하시오. 이번 사건에 관한 지시는 나에게서만 나온다는 것을 모든 관련자들에게 주지시키시오."

연방수사국 요원들은 캠프 데이비드가 도청당했을 거라는 탁한 목소리의 보고를 듣자 긴장하는 기색이 역력했다. 잭슨은 끊임없이 어디론가 전화를 걸고 저쪽으로부터 걸려오는 전화를 받았다.

한동안 오가던 전화를 끊고 나자 그는 신속하게 현장을 파악했다.

"그들이 분명 나방을 잡고 있다는 생각이 들었습니다."

상병은 일이 커질 대로 커졌다는 사실을 알아차리자 자신이 겪었던 그대로를 모두 털어놓았다.

"밤에 가로등 밑에서 나방을 잡고 있다는 사실이 이상하게 느껴지지 않았나?"

"네. 하지만 병장이 그 사람들은 나방 수집가라고 했습니다. 그래서 그만……."

"어째서 그들이 동양인이라는 생각이 들었나?"

"네. 고성능 적외선 망원경으로 보았기 때문에 확실합니다."

"대위는 무어 기자의 차에 나방들이 있는 것을 보고도 이상하다는 생각이 들지 않았나?"

"네. 당시는 낮이었기 때문에 별로 주목하지 않았습니다. 우리는 전날 밤 차를 전신주 밑에 세워두었나 생각했을 뿐입니다. 컨버터블이었기 때문입니다."

잭슨이 대기 중인 전화를 받았다. 짐 무어였다. 무어는 새벽같이 찾아온 수사국 요원 때문에 상당히 놀란 상태였다. 잭슨은 무어에게 질문했다.

"당신은 왜 그 나방들을 자기 나방이라고 했소?"

"중요한 기사를 구상 중인데 계속되는 전화벨 소리에 모두 깨져버려 너무 화가 났었소. 그래서 별 생각 없이 아무렇게나 말하고 전화기를 던져버렸을 뿐입니다."

무어는 서미온에 도착해서 캠프 데이비드를 떠날 때까지의 일정을 자세히 설명했다.

"한국인 남녀라고, 음. 그들 남녀와 같은 모텔에 묵고 같이 맥주를 마시고 한 데는 특별한 이유가 있었소?"

"아닙니다. 우연히 그렇게 됐을 뿐입니다."

"특별히 의심 가는 대화는 없었소?"

"전혀 없었습니다."

"좋소. 당신은 지금 어떤 범죄에 연루되었을 가능성이 있소. 결론이 어떻게 나더라도 당신의 경력에 치명적이오."

"……."

"하지만 철저히 보안을 유지한다면 나는 끝까지 당신을 보호할 거요. 알겠소?"

"알았습니다."

전화를 끊은 잭슨은 시내 숙박업소를 조사한 직원들의 보고를 받았다.

"모텔에 이들의 여권 번호가 있습니다."

"즉시 공항 출입국 데스크에 조회해. 그들이 타고 온 차량에 대한 정보는 없나?"

"모텔 주인의 말로는 뉴욕 번호판이 달려 있었다고 합니다."

"뉴욕이라……. 뉴욕 시의 모든 숙박업소 컴퓨터에 이 이름을 조회해. 나오면 전화 기록을 추적하고 수사관을 보내. 한국서 온 자들이니 렌터카를 썼을 수도 있어. 뉴욕의 렌터카 업체 컴퓨터를 체크해. 신용카드 번호가 나오면 카드사도 추적해 돈 쓴 행적을 알아보고 연관된 전화번호 등도 추적해."

노련한 잭슨은 잠시 후 출입국 데스크로부터 준이 아직 출국하지 않았다는 보고를 받자 회심의 미소를 지었다.

"항공사를 추적해서 여자의 인적사항도 확보해. 같은 비행기를 타고 왔을 거 아냐?"

간단하지만 확실한 조치를 취한 잭슨은 바로 헬기에 올랐다.

"뉴욕으로 가자!"

헬기에서 캠프 데이비드를 내려다보던 잭슨의 뇌리에 강한 의문이 떠올랐다.

'그런데 이상한 자들이 아닌가?'

누구도 할 수 없는 캠프 데이비드의 도청을 한 자들치고는 의외로 순진하다는 생각이 들었다. 가명 한 번 쓰지 않고 여권도 있는 그대로 노출했다는 사실에 잭슨은 고개를 갸우뚱했다.

시원하게 뚫린 하이웨이를 질주하는 준과 미래는 거칠 것이 없었다. 준은 계속 액셀러레이터를 밟아댔고 미래의 입에서는 노래가 절로 나왔다. 두 사람의 머릿속에는 한시 바삐 장 검사를 만나 내용을 들어보고 싶은 생각뿐이었다.

"아차!"

"왜?"

"지금 속도 위반이었어."

"카메라에 찍힌 거야?"

"아니, 여긴 카메라 없잖아."

"그럼."

"패트롤 카가 있었어."

"그런데 안 따라오네."

계속 가벼운 마음으로 질주하던 준이 갑자기 속도를 줄이며 미간을 찌푸렸다.

"왜 그래?"

"좀 이상해."

"뭐가?"

"패트롤 카가 계속 따라오며 감시하는 기분이야."

"왜?"

"글쎄. 불안한 건 분명 속도 위반인데도 차를 세우지 않고 거리를 넓혔다 좁혔다 하면서 따라오는 거야."

"어떡하지?"

"미래야, 아까 우리가 수신기 봤을 때 말이야."

"응."

"램프가 깜빡거렸잖아."

"그래."

"우연이었을까?"

"무슨 말이지?"

"수신기는 사람의 음성만 녹음하잖아."

"그래."

"그러면 그때 누군가가 우연히 수신기 옆에서 말하고 있을 때 우리가 수신기를 열어본 걸까, 아니면……."

"아니면?"

"누군가가 나방을 찾아내 시험하고 있었던 건 아닐까?"

"어머!"

"도청기가 워낙 고성능이라 둘 다 해당되겠지만 불안해지는 건 사실이야."

"어떻게 해야지? 만약 그들이 뭔가 의문을 가지고 있다면 지금 우리를 지켜보고 있을 가능성이 있는 거야?"

"그럴 가능성이 있지. 일망타진을 노리고 말이야."

"장 검사님도 걸려들겠구나."

"그래."

"그럼 장 검사님을 만나면 안 되겠다."

"안 되지."

"도대체 어떤 상황일까? 그들이 과연 눈치채고 우리를 감시하고 있는 걸까?"

"한번 알아보자."

"어떻게?"

"인터체인지를 한번 빠져나가보자. 어떤 변화가 있는지."

"영화처럼?"

"그래. 영화처럼."

준은 급가속을 해서 바로 눈앞에 보이는 인터체인지로 빠져나갔다. 한 바퀴 크게 돌아 반대쪽 차선으로 들어가서는 오던 길로 페달을 힘껏 밟았다. 그러나 뒤따라오는 자동차는 한 대도 없었다.

"기우였나봐."

"그래."

준은 다시 휘파람을 불며 인터체인지를 빠져나가며 액셀러레이터를 기분 좋게 밟았다.

도주

장 검사는 방안에서 준의 소식을 기다리며 초조한 시간을 보내고 있었다. 무언가를 기다리며 혼자 시간을 보낸다는 건 참으로 견디기 힘들었다. 좁은 호텔방 안에서 서성거리던 장 검사의 뇌리에 강철민의 작업이 떠올랐다. 그는 호텔방이 아니라 비트에서 일주일이 넘게 견디지 않았던가. 그가 비트를 팠던 곳은 놀랍게도 현관 바로 앞이었다. 계획이 예정대로 진행되었더라면 그는 거의 성공했을 거란 생각이 새삼 장 검사를 엄숙하게 만들었다.

자신의 일을 성공시키기 위해 그토록 성실한 자세를 보였던 강철민에 비해 자신은 그저 소풍 나온 아이들처럼 달콤한 결과만 기다리고 있다는 사실이 부끄럽게 다가왔다.

"음."

장 검사는 지금 이 순간부터라도 최선을 다해야겠다고 생각했다. 준과 미래가 무조건 성공할 것이라고만 생각할 것은 아니었다. 그들이 실패할 가능성은 아주 컸고, 그럴 경우 자신에게는 틀림없이 할 일이 있을 것이었다.

장 검사는 일단 가방을 챙겼다. 그런 다음 창을 통해 건물 밖을 살폈다. 혹시 잠복하고 있는 자라도 있는지 확인하기 위해서였다.

문제는 없어 보였다. 장 검사는 전화기를 들어 프런트 데스크를 눌렀다. 그사이 혹시 준에게서 전화라도 왔었는지 확인해야 할 것이었다.

"미스터 장? 지금 막 올라갔어요."

"무슨 소리요?"

"지금 막 사람들이 올라갔다고요."

"네. 고마워요."

장 검사는 반색하며 전화를 끊었다. 일이야 어찌 됐든 일단은 준과 미래가 무사히 돌아왔다는 사실이 반가웠다. 그러나 다음 순간 장 검사는 어딘지 이상한 기분이 들었다. 준과 미래가 굳이 프런트 데스크에 들를 이유가 없었다. 준과 미래라면 지하에 주차를 하고 바로 엘리베이터를 타고 올라올 것이었다.

생각이 여기에 미친 장 검사는 신속한 동작으로 문을 열고 밖으로 나왔다. 엘리베이터 앞으로 뛰어가자 마침 엘리베이터가 올라오고 있었다. 엘리베이터를 기다리던 장 검사는 아차 하는 생각이 들었다.

"이런, 바보!"

장 검사는 재빨리 엘리베이터 옆의 비상계단 문을 열고 몸을 숨겼다. 과연 엘리베이터가 멎자 검은 양복을 입은 몇 사람이 자신의 방 쪽으로 급히 걸어갔다. 장 검사는 엘리베이터를 타려다 다시 한번 멈칫했다. 밑에서 기다리는 놈들이 없으리란 보장이 없었다. 장 검사는 자신의 방과는 반대로 난 복도로 뛰어갔다. 호텔 크기로 보아 다른 출입구가 있을 것 같았다.

호텔 유니폼을 입은 사람이 복도에 서 있다가 벽 속으로 쑥 들어가는 것이 보였다. 엘리베이터였다.

"잠깐만요."

장 검사가 급히 달려갔지만 엘리베이터 문은 그냥 닫혀버렸다.

"안 돼!"

장 검사가 절망적인 심정으로 좌우를 살피는 순간 엘리베이터 문이 다시 열렸다.

"손님, 이건 종업원용 엘리베이터입니다. 승객용은 저쪽……."

"갑시다!"

장 검사는 급히 올라타며 이십 달러짜리 지폐 한 장을 꺼냈다.

"감사합니다."

"뒤쪽으로 난 문 있어요?"

"네. 엘리베이터를 내려서 왼쪽으로 계속 돌아가십시오. 그러면 종업원용 주차장이 나옵니다."

장 검사는 이십 달러짜리 한 장을 더 주었다. 엘리베이터가 멎자 장 검사는 종업원이 일러준 대로 달려갔다. 문을 열자 바로 주차장이었다. 장 검사는 다짜고짜 막 떠나려는 소형 트럭의 문을 열고 올라탔다.

"뭐야?"

거친 목소리의 주인공은 장 검사가 꺼낸 백 달러짜리 지폐를 보자 금방 부드럽게 변했다.

"어디로 가시죠?"

"일단 밖으로 나갑시다."

"네."

장 검사는 도대체 어떻게 된 상황인지 여러 갈래로 생각을 쪼개었다.

"샌드맨 모텔로 갑시다."

일단 준의 모텔이 어떤 상황인지 살펴야 할 듯싶었다. 짐작대로 샌드맨 모텔 부근에는 정체 불명의 자동차가 다섯 대나 비정상적인 상태로 주차되어 있었다. 약간의 주차 위반도 모두 끌어가버리는 맨해튼 중심가에서 이런 식으로 주차할 수 있는 차는 특수 차량뿐이었다.

'무슨 뜻인가?'

장 검사는 차분하게 생각을 가다듬었다. 준과 미래가 잡혀서 샌드맨 모텔로 왔을 가능성을 생각해보았지만 그럴 가능성은 없었다. 그런 경우라면 한 팀만 와서 소지품을 모두 가져가면 그만일 것이었다.

장 검사는 생각 끝에 이들이 아직 잡히지는 않은 채 추적당하고 있을 가능성이 큰 것으로 생각했다.

"아까 그 호텔로 다시 갑시다."

준이 뉴욕에 도착하면 바로 자신의 호텔로 오기로 했기 때문에 거기서부터 더듬어 나가는 것이 낫겠다는 생각이 들었다. 호텔에는 샌드맨 모텔과 마찬가지로 여러 대의 수상한 차량이 서 있었다.

"여기서 하이웨이로 나가는 길을 더듬어 갑시다. 보수는 충분히 주리다."

"네? 무슨 하이웨이요?"

"캠프 데이비드 쪽으로 가는 하이웨이요."

"캠프 데이비드? 나는 잘 모르겠는데요."

"그럼 서미온은 아시오?"

"그것도 모르겠어요."

낭패였다.

"잠깐, 제가 알아볼 수 있어요."

기사가 어딘가로 연락을 취하더니 금방 방향을 잡아냈다.

"화물조합이에요. 길을 알려주거든요. 조합이 요즘은 아주 좋아졌어요. 자식들, 전에는 조합비만 잔뜩……."

기사는 다음 순간 입을 다물었다. 장 검사가 손가락을 입으로 가져갔기 때문이었다. 장 검사는 하이웨이에서 빠져나와 자신이 머물던 호텔로 가는 길목을 지켰다.

"저어, 선생님. 얼마나 걸릴까요? 저는 얼마든지 기다릴 수 있지만 회사에서……."

장 검사는 말없이 백 달러짜리 다섯 장을 꺼냈다.

"이거면 내일까지 날 태워줄 수 있지요?"

"물론입니다."

"나도 잘 보고 있겠지만 당신도 백미러로 뒤를 잘 보고 있다가 흰색 디스커버리가 오면 알려주시오."

"알겠습니다."

준이 눈에 띄기 쉬운 흰색 디스커버리를 타고 간 게 그나마 다행이었다. 그러나 시간이 흐를수록 준이 오지 않자 장 검사는 점점 초조해지기 시작했다.

"다른 길은 없겠지?"

"하이웨이에선 이게 가장 빠른 직선거리니까 이리 올 겁니다."

"지리가 어둡다면?"

"글쎄요. 우리라면 거의 이리로 오는데."

"아무래도 안 되겠어. 호텔 앞으로 가서 기다립시다."

"넵."

기사는 육백 달러나 벌었는데 아무려면 어떠냐 하는 표정이었다. 호텔 주변에는 여전히 불법 주차하고 있는 차량이 행렬을 이루고 있었다. 장 검사는 어디 한군데도 온전히 주차할 곳이 없는 것을 보고는 더욱 걱정했다. 저쪽에서 혼신의 힘을 다해 쫓고 있다는 느낌이 들었다. 트럭이 엉거주춤 호텔 앞으로 다가가고 있는 순간이었다.

"어! 저 차!"

순간적으로 장 검사의 눈에 준의 모습이 들어왔다. 옆은 틀림없는 미래였다.

"어서 저 차를 막아!"

"넵."

멕시코인 기사는 급히 핸들을 꺾어 차선을 넘었다. 준의 흰색 디스커버리는 갑자기 앞에서 차선을 넘어 달려드는 트럭을 보자 기겁을 하며 급브레이크를 잡았다.

"어서 차를 뒤로 빼요!"

놀란 준의 눈에 장 검사가 트럭에서 뛰어내려 황급히 뛰어오는 모습이 보였다. 장 검사는 번개처럼 뒷좌석에 타자마자 외마디 소리를 질렀다.

"가!"

마침 트럭이 뒤로 뺐기 때문에 준은 급가속 페달을 밟았다.

"서랏!"

"잡아!"

어디선가 번개처럼 뛰어나온 사나이들이 준의 차를 가로막으려 했지만 준의 차는 쏜살같이 튀어나갔다. 사나이들은 급히 품속에서 권총을 빼들었지만 발사하지는 못했다. 자동차가 이미 사람들이 많은 쪽으로 달려나가 급회전을 해버렸기 때문이었다.

"추격해!"

한 사나이가 추격을 지시하면서 전화기를 꺼내들었다.

"미스터 잭슨, 용의 차량이 도주하고 있습니다. 센트럴 파크 부근에서 오번가로 들어갔습니다. 반복합니다 미스터 잭슨, 용의 차량이……."

타타타타.

즉각 헬기를 타고 날아오른 잭슨은 용의 차량과 그 뒤를 따르는 추격 차량들을 한눈에 볼 수 있었다.

"경찰에 지원 요청해!"

"알겠습니다."

"차로 막아! 작은 길로 몰아넣어! 사이렌을 계속 울려 흥분시켜! 북으로 57번가, 남으로 23번가, 동서로는 렉싱턴과 브로드웨이, 7번 애버뉴를 막고 포위해 들어가. 경찰 헬기를 띄워 위에서 지휘하라고 해! 그런 일에는 경찰이 전문이니까 그들에게 맡겨야지."

잭슨은 기분이 좋았다. 용의 차량은 독 안에 든 쥐였고 자신은 경찰로부터 사람들을 넘겨받기만 하면 될 일이었다.

뉴욕 경찰에게 도주 차량을 잡아내는 일은 누워서 떡 먹기였다. 동서남북으로 바둑판처럼 뻗은 도로를 막기만 하면 될 일이었다. 맨해튼에서 쫓기는 차는 한번 앞이 막히면 차를 후진시켜 돌아갈 수밖에 없는데 그렇게 두세 번 하다 보면 결국은 갇혀버리게 마련이었다.

뉴욕 타임스

"검사님, 앞이 막혔어요!"

준도 예외 없이 같은 운명에 처할 수밖에 없었다. 준은 급히 차를 후진시켰다.

왜애애앵!

경찰차들은 끊임없이 사이렌을 울려댔다. 준은 마음이 더욱 다급해져 이성적인 판단을 내릴 수가 없었다. 하긴 이성적 판단을 한다고 해서 뭐가 어떻게 달라질 상황도 아니었다.

"차에서 내려!"

세 사람은 차를 버리고 뛰어내렸다. 그러나 갈 곳이 없었다. 앞에도 경찰, 뒤에도 경찰이었다. 미래는 거의 울고 있었다. 준이 옆에서 팔을 끼고 달리려 했지만 어디로 가야 할지 갈피를 잡을 수 없었다.

"검사님!"

그러나 장 검사라고 해서 방법이 있을 리 없었다. 장 검사는 마지막 순간 잡히는 모양이 구겨져서는 안 된다고 생각했다. 비참한 꼴로 잡히면 앞으로의 신병 취급도 그렇고 무엇보다 스스로 위축될 것이 두려웠다.

"준아, 당당하게 잡혀야 한다!"

"알고 있어요, 검사님. 우리는 떳떳한 일을 했어요. 그렇잖니? 미래야."

"그래."

그럼에도 불구하고 미래는 계속 눈물을 흘렸다.

"뛰어!"

두리번거리며 주변 건물을 살피던 장 검사가 큰 글자가 씌어 있는 한 건물을 보고는 손으로 가리키며 소리쳤다.

"저리로 들어가!"

장 검사는 십여 명의 경찰관들이 총을 겨누고 다가오려는 순간 갑자기 큰 글자가 씌어 있는 건물 안으로 뛰어들어갔다. 준도 엉겁결에 미래의 팔을 끼고 장 검사를 따라 뛰었다. 건물 안으로 들어가자 마침 엘리베이터가 닫히려는 순간이었다. 장 검사가 급히 손을 뻗었으나 엘리베이터는 다시 열리지 않았다. 장 검사는 낭패한 모습이었지만 곧 오른쪽 구석에 있는 비상계단을 발견하고 뛰었다.

준은 미래의 손을 잡고 장 검사를 따라 뛰었다.

"뛰어!"

장 검사는 계단을 차고 올라갔다. 준과 미래 역시 장 검사를 쫓았다. 계단을 뛰면서 장 검사가 준에게 물었다.

"수신기는 찾았어?"

"네."

"내용은 있었어?"

"네."

장 검사는 각층마다 비상문을 열고 머리를 내밀었다가 다시 뛰어 올라가곤 했다.

"여기야!"

장 검사는 가쁜 숨을 몰아쉬며 사람들에게 물었다.

"편집국장실이 어딥니까?"

그러자 그중 한 사람이 손가락으로 위를 가리켰다. 바로 위층이란 뜻이었다. 한달음에 마지막 계단까지 뛰어오른 장 검사는 국장실이라는 안내판이 걸린 방의 문을 열어젖히고 들어섰다. 몇 사람이 자리에 앉아 회의를 하다 뜻밖의 침입자들에게 놀라 일어났다.

"하아, 하아!"

장 검사는 숨을 골랐다. 준과 미래 역시 가쁜 숨을 정신없이 몰아쉬었다. 미래가 얼굴이 창백해지더니 그 자리에 서 있지를 못하고 쓰러졌다. 준이 부축했지만 도저히 서서 몸을 가눌 수 있는 상태가 아니었다. 준이 미래를 앞에 있는 의자에 앉히자 무겁고 건조한 목소리가 들려왔다.

"뭡니까?"

준은 순간적으로 당황했다.

"당장 나가시오! 아니면 경비를 부르겠소."

세 사람이 뭐라고 설명하기도 전에 밖이 소란해지면서 검정 양복을 입은 몇 사람이 급한 걸음으로 걸어왔다. 그 뒤를 두 사람의 경비가 당황한 얼굴로 따랐고 다시 그 뒤로 칠팔 명의 사나이가 위압적으로 걸어왔다. 한 사람이 나머지 사람들을 제지하고 당당한 걸음으로 국장실로 걸어들어왔다.

"FBI의 잭슨입니다. 이 세 사람은 현행범입니다. 체포하겠습니다."

그가 손짓을 하자 사나이들이 들어와 세 사람을 붙들었다.

"실례했습니다."

잭슨이 만족감이 담긴 인사를 남기고 돌아서려는 순간이었다.

"국장님, 저는 대한민국의 현직 검사입니다."

두 팔을 붙들린 채 몸이 돌아간 장 검사의 절박한 목소리가 울려 퍼졌다. 그리고 이 목소리는 그제까지 건조하고 냉랭하기만 하던 사람으로부터 반향을 불러일으켰다.

"미스터 잭슨!"

그러나 잭슨은 귀찮다는 표정으로 뒤돌아섰다.

"멈추시오!"

"뭐라구요?"

"그 사람들을 놔주시오."

"무슨 말입니까? 이 사람들은 현행범이고 연방수사관인 나에게는 이들을 체포할 권한이 있소."

"그래요?"

"명백하오."

"당신은 직무 집행을 위해서라면 내 방에 임의로 침입해도 된다고 생각하오?"

"양해를 구하지 않았소?"

"나는 양해하지 않았소. 나가서 기다리시오."

"그럴 수는 없소. 당신은 현행범 체포를 방해한 혐의를 받을 거요."

"그럴지도 모르지. 하지만 내가 어떻게 되든 당신은 오늘 저녁이면 그 배지를 가슴에서 떼놔야 할 거요. 뉴욕 타임스 편집국장이란 자리가 그 정도 힘은 있소."

"음."

잭슨은 매서운 눈길로 국장을 노려보았다.

"오 분간 시간을 주겠소. 나는 법관이 발부한 영장을 가지고 있고, 이들은 현재 도주 중이오. 당신이 아무리 뉴욕 타임스의 편집국장이라 해도 법 집행을 막을 수는 없소. 오 분간이오. 그자들을 놔줘!"

잭슨은 거친 목소리를 내뱉고 밖으로 나가버렸다. 그 뒤를 검정 양복의 수사관들이 따랐다.

"우선 그 여성을 소파에 누이고 무슨 일인지 얘기하시오."

국장을 비롯한 세 사람은 장 검사를 뚫어지게 바라보고 있었다.

"준아! 녹음한 것 이리 줘."

71L7L797735774754901373277274734887745347797495374643766474574548729454
154791527548525L64591548727501245835479152754852564591548792501L4
15275485257L485791548797250124574597948354791527548525L485791L48792501?
9152754857256485915487972501L4574797945374548791627548525L48591548792501L
91457254857256485791548797250124583547109479152754857209452564591548
9445354791527548529L4591548792501L4583547915275485256485791548792501L45835479152754
5915487972501245835479152754857564859154879250124583547915275485256
9792501245835479152754857564859154879250124574547
9525L485915487972501245835479152754857564859154879250124

제3의 시나리오 • 2

장 검사는 메모리 스틱을 받아 국장의 책상 앞에 놓았다. 국장을 비롯한 사람들은 말없이 장 검사의 동작을 바라보기만 했다.

장 검사의 입에서 잔뜩 긴장된 목소리가 흘러나왔다.

"우리는 한반도에서의 전쟁을 막기 위해 캠프 데이비드를 도청했습니다."

장 검사는 한마디 한마디 또박또박 힘주어 말했다.

"으음."

편집국장을 비롯한 세 사람의 입에서 신음이 새어나왔다.

"이 대화의 주인공은 부시 대통령과 그를 배후에서 움직이는 검은 자본가들입니다. 우리 세 사람은 지금 연행되면 죽습니다. 거대한 군수자본에 의해 죽음의 흔적조차 남지 않습니다. 지난

날 케네디 대통령이 암살당하고 지금에 이르기까지 그 배후가 드러나지 않는 것과 같은 맥락입니다."

장 검사는 편집국장을 똑바로 바라보았다.

"하지만 우리는 미국에 이런 검은 권력을 파헤치는 힘도 있다는 것을 믿습니다."

장 검사의 다급한 목소리를 듣고 있던 국장이 재빨리 손을 뻗어 메모리 스틱을 포트에 꽂았다. 그는 능숙한 솜씨로 스틱의 내용을 어딘가로 송신한 후 다시 장 검사에게 스틱을 돌려줬다. 나이 든 사람의 동작이라고는 도저히 믿어지지 않을 정도로 능숙하고 날렵한 행동이었다. 장 검사가 메모리 스틱을 받아 주머니에 넣으려는 순간, 문이 쾅 소리가 나도록 열리면서 잭슨과 수사관들 외에 또 다른 한 무리의 검정 양복들이 들어왔다.

"사정에 의해 약속한 오 분을 지키지 못해 죄송합니다."

검정 양복들의 날카로운 눈초리가 방 안을 날카롭게 훑었다. 그들의 눈길은 일제히 장 검사의 손에 들려 있는 메모리 스틱에 머물렀다.

장 검사의 동작이 순간적으로 메모리 스틱을 주머니에 집어넣으려던 동작에서 꺼내는 동작으로 바뀌었다. 그와 동시에 장 검사의 입에서는 애절한 목소리가 튀어나왔다.

"국장님, 이걸 꼭 들어보십시오."

장 검사가 메모리 스틱을 편집국장에게 던지려 하는 순간 검정 양복들이 번개처럼 달려들어 그의 손에서 메모리 스틱을 빼

앗았다.

"그만두지 못해!"

편집국장의 입에서 호통이 터져나왔지만 잭슨은 영장을 들고 소리쳤다.

"압수영장이 있습니다."

"무례한 자들 같으니……."

"연행해."

분노한 표정의 국장은 장 검사를 비롯한 세 사람이 수갑을 찬 채 연행되는 것을 바라만 보고 있었다.

"이거 놔! 알아서 갈 테니 수갑은 풀어!"

준은 무엇보다 미래가 수갑 찬 모습을 볼 수 없었다. 그러나 상대방들은 여자라고 살살 다루는 법이 없었다. 기진맥진한 미래의 티셔츠가 말려 올라가며 하얀 살이 드러났다.

"야! 이놈들아. 여자는 풀어줘야 할 거 아냐!"

준이 고함치자 검정 양복 하나가 준의 목덜미를 눌렀다. 그러자 아무도 보지 않는 사이 또 하나의 양복이 팔꿈치로 준의 배에 일격을 가했다.

"실례했소."

잭슨은 의기양양한 표정으로 부하들을 지휘하여 엘리베이터를 탔다.

그로부터 이틀 후.

연방대법원장은 극비의 회합에 참석하며 연신 의문을 떠올렸다. 정치권의 쟁쟁한 인물들이 그들의 모임에 자신을 부른다는 사실이 그로서는 이해되지 않았다. 사실 비서를 통하지 않고 자신에게 전화로 직접 통보된 명단 중에는 공무원만 있는 것이 아니었다. 민간인 변호사도 있고 언론인도 있었으니 과민하게 신경 쓸 필요는 없는 일인지도 몰랐다.

그럼에도 불구하고 대법원장은 미국을 대표하는 정치인들이 이런 비밀 회합을 가지고 거기에 자신을 초청했다는 사실이 예사롭게 느껴지지 않았다.

"대법원장님 오셨습니다."

기다리던 사람들이 모두 일어나 악수를 청해왔다. 하원의장과 상원 총무를 비롯해 법사위원장과 공무원윤리위원장이 있었고 특이한 얼굴로는 뉴욕 타임스의 편집국장과 미국 최고의 로펌인 밴티지 로펌의 대표 변호사가 있었다.

이윽고 자리가 정돈되자 하원의장이 일어났다.

"우리는 오늘 미국의 헌정 질서를 현저히 어지럽히고 미국의 명예를 실추시킨 사건에 대해 극비의 심리를 하기 위해 초당적으로 이 자리에 모였소. 워낙 전대미문의 사건인데다 영원히 공개할 수 없는 사건이오. 일단 녹음을 들어봅시다."

"조지, 며칠 새 자네 안색이 훨씬 좋아졌어."

"그래, 고맙네."

"여론 조사가 좋아지고 있던데?"

"케리 그 친구가 악담을 하고 다니지만 사람들은 내가 경제를 끌어올렸다고 얘기하고 있어."

"그야 당연한 거 아닌가?"

"게다가 러시아와 중국이 잇달아 신호를 보내오기 시작했어. 나의 정책과 입장을 깊이 고려한 것들이야."

"좋은 징조군. 하지만 보통의 미국인들이 잘 알아듣도록 요리해서 그들의 밥상에 올려주는 게 무엇보다도 중요하네."

"너무도 잘 아네. 뼈저리게 경험했으니까."

"무슨 얘긴가?"

"사실 이라크와 관련해서는 속이 터지네. 욕을 바가지로 먹어가며 이라크를 제압한 속내를 사람들이 몰라주니까 하는 얘기지."

"흐흐. 무슨 얘긴지 알겠네. 그러니까 자네는 석유를 지배하기 위해 미국이 이라크를 침공했다는 사실을 유권자들이 알아주었으면 하는 거군."

"바로 그거야. 사람들에게 대놓고 그렇게 말할 수도 없는 노릇 아닌가. 그런 건 유권자들이 지레짐작으로나마 알아주었으면 좋겠는데."

"기름값을 올려보지 그래."

"그러지 않아도 과거처럼 산유국들을 압박하지는 않아. 그 뿐인가. 정부 비축유도 잔뜩 사모으는 중이네."

"그럼 좀 참으면서 기다려 보게. 알 만한 사람들은 다 알게 될 테니."

"나중에 알면 뭘 하나? 당장 선거 때문에 그러는 거 아닌가? 선거만 아니면 얼마든지 참고 기다리지. 나는 하루하루 피가 마르네. 지금이라도 북한군을 이라크에 파병하기만 하면 선거는 끝인데 말이야……."

"조지! 자네 또 그러잖아!"

"미안해, 그건 이제 잊었네. 이번 자네들의 선물은 아주 고마워. 그래, 이제 내가 할 일은 뭔가?"

"정말 잊었나?"

"잊었다니까. 이제 생각조차 하지 않을 거야. 그래 내가 할 일은 뭔가?"

"자네 어딘지 불안해. 아주 불안하단 말이야."

"마음 놓으라니까!"

"알았어. 그럼 앞으로 북한군의 이라크 파병은 절대 머리에 떠올리지도 말게."

"여부가 있겠나? 게다가 나는 자네들을 위해 미사일 방어망 구축을 위한 예산안을 더욱 정교하게 짜라고 지시했네. 통과는 결정적이야."

부시의 가벼운 목소리 위로 음침하고 묵직한 소리가 떨어져 내렸다.

"잘했어."

잠시 침묵이 흐른 다음 부시의 목소리가 이어졌다.

"이제 자네들의 요구 사항을 내놓게. 나는 자네들의 돈과 석유에 무척 감사하고 있네."

"정말인가?"

"그렇다니까!"

"그래, 그럼 말하지."

음침한 목소리는 잠시 멈추었다가 온 방 안에 무겁게 떨어졌다.

"당선 후 일 년 안에 제3의 시나리오를 집행하게."

"뭐라구?"

"반드시 제3의 시나리오라야만 하네."

"으음!"

"그래야만 하네. 암살이나 전면 침공은 어느 것도 해답이 아니야. 제3의 시나리오라야 해."

"음, 자네들은 언제나 내게 어려운 부탁만 하는군. 북한 공격과 동시에 90퍼센트의 병력을 괴멸시킬 능력이 있는 내게 단지 10퍼센트만 건드리라니."

"반드시 그래야만 해."

"그러면 그들이 남한으로 밀고 내려올 텐데."

"그래, 바로 그걸 노리는 거지. 한반도에 그들만의 전쟁을 일으키는 거야. 이라크에서 경험하잖았나? 우리는 인민군 잔당이나 민간 저항 세력과 싸워선 안 돼. 남북간 승패가 나지 않은 적당한 시점에서 우리가 휴전을 시켜버리면 되잖나?"

"그러면?"

"남북은 또다시 수십 년간 으르렁거리며 대치하게 되지. 군사적 대립은 날이 갈수록 높아가고 중국과 타이완, 일본도 군비 확산에 더욱 열을 올리게 돼. 무기시장의 긴장이 유지되고 호황이 와. 무기에 관한 한 그들은 미국을 따라올 수 없네."

"하지만 그건 내 스타일이 아니야. 난 한번 붙으면 박살을 내고 싶거든. 특히 김정일 그자는 말이야."

"그건 안 돼. 김정일이든 북한이든 살려야 하네. 그게 가장 중요한 거야. 북한을 건드리되 반드시, 적당히 건드려야 하네."

"알았어."

"시나리오를 집행하기 전에 없애야 할 변수가 있네."

"뭔가?"

"개성공단을 극도로 위축시켜야 하네."

"개성공단? 그게 어째서 변수가 되지?"

"개성공단이 잘되면 북한은 급속히 시장경제로 흡수될 가능성이 있네. 그러면 북한은 테러국 이미지를 벗게 되고 우리는 북한을 공격할 명분을 잃는 거야."

"개성에 있는 거라면 그냥 두어도 폭격에 의해서든 남북간의 전쟁에 의해서든 깨끗이 없어질 텐데."

"아니야. 변수가 된다니까. 개성공단이 생각지도 않게 빠른 성공을 가져올 겨우 그런 게 열 개, 백 개 안 생기란 보장이 없어. 그러면 김정일이 핵이다 뭐다 다 집어던지고 재빨리 옷을 갈아입을 수 있어. 문제는 시간이야."

"알았네."

"개성공단에서 생산한 물자는 절대 미국 수입 허가를 내주지 말게. 물론 생산 품목도 극도로 제한해야 하고. 웬만한 건 다 테러에 이용될 수 있는 물자로 묶어버리게."

"알았다니까. 자네들 부탁인데 내가 안 들어줄 수 있나. 솔직히 말하자면, 북한을 악의 축으로 지목하고 우리 미군을 전방에서 빼는 것도 다 자네들의 이익을 위해서가 아닌가."

녹음은 여기까지였다.

"으음."

모두의 입에서 신음이 흘러나왔다. 오랫동안 침묵이 계속되었다.

"나는……, 나는 말이오."

하원의장이 겨우 감정을 억누르며 말을 꺼냈다.

"어째서 이런 쓰레기들이 이 나라를 끌고 나가게 되었는지 이해할 수 없소. 부시가 벌이는 부당한 전쟁의 결과가 결국은 이라크 포로 학대 같은 걸로 나타나는 거 아니오? 나는 요즘 다른 나라 사람들을 만날 용기가 나질 않소."

법사위원장이 말을 이었다.

"다음 선거에 그가 또다시 당선된다면 일본만 빼고는 모두 미국에 등을 돌릴 겁니다. 솔직히 요즘은 부시 낙선에 앞장서는 게 애국이라는 생각이 듭니다."

윤리위원장도 분노를 참지 않았다.

"당장 한국의 경우만 봐도 민망하기 짝이 없습니다. 부시의 부당한 전쟁에는 한국인 모두가 반대하지만 우리와의 오랜 관계 때문에 사회 전체가 파병 문제로 저토록 몸살을 앓는데 부시는 그들을 친구가 아니라 주종처럼 다루려 합니다."

상원 총무도 한숨을 내쉬었다.

"일전에 한 한국인을 만났는데 그는 미국이 제자리로 돌아오기까지 한국인들은 인내를 갖고 기다린다더군요. 그는 한국인들은 결코 미국의 도움을 잊지 않고 있다면서 부시의 미국이 아니라, 정의로운 미국이 곤경에 빠지면 모든 한국인들이 팔을 걷어붙이고 돕고 싶어한다는데 코끝이 찡하면서도 부끄러웠어요."

다시 침묵이 흘렀다. 사람들은 언제까지나 분노와 감정만을 토로할 수 없다는 것을 알고 있었다. 문제와 맞닥뜨려야만 하는 것이었다.

밴티지 로펌의 대표 변호사가 물었다.

"이것은 누가 녹음한 겁니까?"

편집국장이 침통한 목소리로 대답했다.

"한국의 현직 검사와 두 사람의 젊은이가 했습니다."

"그들은 지금 어디 있습니까?"

"연방수사국에 연행됐습니다."

"이 녹음 내용이 다른 데로 유포되지는 않았습니까?"

"그럴 시간이 없었을 겁니다."

"무엇보다 중요한 일은 이 녹음 내용이 결코 밖으로 새어나가선 안 된다는 겁니다."

대표 변호사의 발언에 모두 고개를 끄덕였다.

"문제는 어떻게 세 사람의 입을 막느냐요."

하원의장의 무거운 목소리에 참석자들의 얼굴은 굳을 대로 굳어졌다.

"그냥 두면 연방수사국이나 중앙정보국에서 입을 막겠지만, 우리는 또다시 케네디 사건처럼 이 일이 흘러가게 내버려둘 수 없소. 미국의 진정한 미래를 위해서 말이오."

"그러나 녹음 내용이 공개되도록 할 수는 없는 일입니다."

"하지만 부끄러운 역사가 반복되어서도 안 돼요. 우리가 오늘 이 일을 그냥 넘기면 미국은 결코 검은 공작의 유혹에서 헤어날 수 없소."

상원 총무가 타협안을 내놓았다.

"세 사람 뒤에는 틀림없이 커다란 배후가 있을 거요. 먼저 그 배후가 뭔지 밝혀야 하고, 그들과 타협하는 수밖에 없소."

하원의장이 고개를 끄덕이며 말을 이었다.

"이건 누구에게 맡길 일이 아니오. 세 사람을 일단 이리로 데려와 우리가 직접 타협합시다."

미국 최고의 위원회는 세 사람을 직접 만나기로 결정을 내렸고, 이 결정은 즉시 백악관에 통보되었다.

"결정을 번복시킬 수 있는 방법은 없나?"

부시는 위원회의 통보를 받자 안절부절못했다.

"응할 수밖에 없습니다."

"위원회에 수사권이 있을 턱이 없잖아?"

"물론 수사권은 없습니다."

"그러면 연방수사국에서 수사상 이유로 세 사람을 내놓지 않을 수도 있잖아?"

"그렇게 버틸 수는 있겠지요. 하지만 이 위원회는 미국 역사상 가장 강력한 위원회입니다. 각하가 버텼다간 바로 탄핵당합니다. 선거를 두 달 남겨둔 상황에서요."

"아아! 어떡하지?"

"물밑 타협밖에는 없습니다. 그러나 각하에게도 기회가 있습니다."

"무슨 기회가 있지?"

"위원회에서도 녹음 내용을 공개할 수는 없을 겁니다. 그들로서도 미국의 밑창을 모두 드러낼 수는 없으니까요."

"그래서?"

부시는 생각이 여기에 미치자 초주검이 됐던 얼굴이 되살아났다.

"대타협입니다. 어쨌든 지금은 위원회의 기분을 맞추는 게 중요합니다."

"어서 국장에게 연락해 세 사람을 고이 모셔."

위원회는 세 사람을 설득하기 위해 최선을 다했다. 특히 세 사람을 위한 하원의장의 인사는 인상적이었다.

"우리는 세 사람과의 대화에서 어떤 결론이 나오든 부시 대통령의 일방적이고 오만한 외교 정책에 제동을 걸겠습니다. 앞으로는 내각의 멤버나 전문적 행정 관료의 배석 없이 민간인과 외교적 대화를 나누지 말라는 위원회의 극비 권고를 보낼 것입니다. 대통령의 권한과 한 개인의 기본권을 극도로 제한하는 것이지만, 우리는 미국의 위신을 바닥까지 추락시킨 그가 이런 과도한 처벌을 받을 이유가 있다고 생각합니다."

위원회는 세 사람과의 대화를 통해 이정서라는 인물에 주목했다. 그리고 최고의 내밀한 라인을 통해 이정서가 한국 정부와 관련이 있다는 사실을 밝혀냈다.

위원회는 이정서가 미국과의 관계도 유지하고 북한과의 통일도 해내려는 정권의 안타까운 바람을 이루어보려던 인물이라고 규정지었다.

장 검사는 위원회와의 마지막 타협을 위해 김정한을 부르는 일 외에 김태천 장군도 불렀다.

친미 일변도의 그는 제3의 시나리오를 알고 큰 충격을 받았다.

"장 검사, 나는 미국과 꽉 붙어 있는 한 한국은 안전하다고만 생각했소. 하지만 이제 새로운 남북 관계도 그 못지않게 중요하다는 것을 깨달았소."

위원회는 한국에서 자행되는 미국의 도청을 사과하고 방지를 약속했다. 하지만 개성공단에 대한 미국의 공식적 입장은 빠져 있었다. 미래가 위원 한 사람 한 사람의 얼굴을 뚫어지게 응시하며 또박또박 말했다.

"이제 한반도에는 새로운 시대가 열려요. 남북이 화해하고 협력하는 신기원이 열린단 말이에요. 그 상징은 개성공단이 될 거예요. 미국은 북한이 시장경제로 이행하는 것을 목표로 한다고 늘 말해왔어요. 지금 북한은 바야흐로 시장경제를 향한 첫발을 디뎠어요. 그들은 가족을 굶기지 않기 위해 일자리를 갖고 싶어

해요. 미국이 정말 정의로운 국가라면 결코 개성공단을 방해해서는 안 돼요. 나는 두 눈 부릅뜨고 미국이 어떤 나라인지 지켜볼 거예요."

한국으로 가는 비행기에 오르면서 김정한은 마지막으로 뉴욕이 있는 쪽으로 시선을 두었다. 이정서의 죽음이 못내 아쉬운 듯했다.

그리고 장 검사에게도 그리운 사람이 있었다.

바로 탈북자 강철민이었다. (끝)